Nina Miselli

Piedimonte Matese:
"Il mistero della casa sul ponte"

Youcanprint Self-Publishing

Titolo | Piedimonte Matese: *"Il mistero della casa sul ponte"*
Autore | Nina Miselli
Immagine di copertina | Torano
ISBN | 978-88-67512-89-8

© Tutti i diritti riservati all'Autore
Nessuna parte di questo libro può essere riprodotta senza il preventivo
assenso dell'Autore e dell'Editore.

Youcanprint *Self - Publishing*
Via Roma, 73 - 73039 Tricase (LE) - Italy
Tel. +39/0832.1836509
Fax. +39/0832.1836533
www.youcanprint.it
info@youcanprint.it
Facebook: facebook.com/youcanprint.it
Twitter: twitter.com/youcanprintit

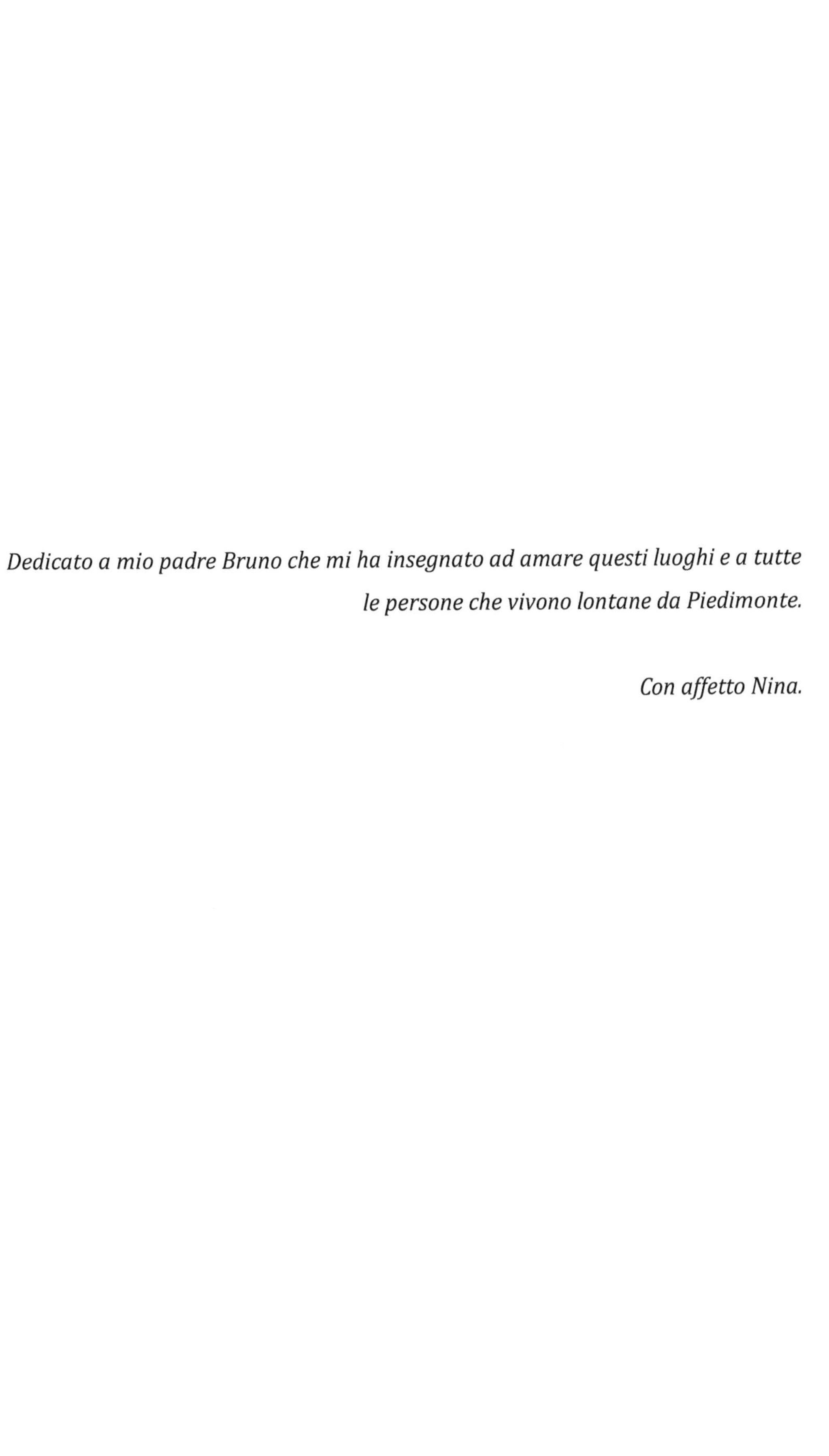

Dedicato a mio padre Bruno che mi ha insegnato ad amare questi luoghi e a tutte le persone che vivono lontane da Piedimonte.

Con affetto Nina.

PREMESSA

Ho sempre avuto paura della morte, da alcuni giorni la sentivo col fiato sospeso su di me, fissavo l'oscurità aspettando che lei arrivasse. Ero terrorizzata da lei...

Quel giorno di settembre, quella luce che illuminò la mia strada, mi ha permesso di superare ogni paura nel rispetto dell'amicizia.

Ricordo il giorno in cui tutto ebbe inizio. Ormai erano giorni che avvertivo un'ansia in me. Quella pressione, che sentivo avvertivo quel sabato sera, malgrado tutto, avrebbe cambiato per sempre la mia vita...

Non avevo mai fatto caso al richiamo che quella voce ebbe su di me. In lei vi era qualcosa di rasserenante che assomigliava a una dolce ninnananna cantata da una mamma per il suo piccolo e che lo conduce nel mondo dei sogni.

Fu così che Alessia mi condusse nel suo mondo.

Non avrei mai creduto che dentro il mio cuore ci fosse una Sara passionale e ribelle, capace di un'avventura mozzafiato in una Piedimonte affascinante, misteriosa e con un passato tanto lontano ma che con forza avrebbe marchiato per sempre la sua esistenza.

Sono passati dieci anni da quella notte. Gli anni mi hanno insegnato a vivere in un presente che una parte di me non sente più sua.

Chiuse gli occhi... sfiorò il suo corpo, immaginando che lui la baciasse dolcemente. Sentiva le sue mani che percorrevano le sue curve fino a raggiungere i seni il suo corpo fu tutto un tremore. I suoi brividi di piacere cadevano nell'acqua, come piccole onde che s'infrangono sugli scogli. Sognava le sue forti mani che sfioravano le sue labbra e istintivamente portò la mano su di esse.

Il suo sogno svanì quando sua madre bussò alla porta:

« Sara, esci dal bagno. Non è il tuo bagno personale, forza, esci fuori...».

Un'ora dopo, scendeva le scale di casa per vedersi con i suoi amici in piazza Carmine.

Era stanca delle solite cose. Avvertiva in lei una strana sensazione; d'istinto ritornò con la mente al bagno e a sua madre, immaginando la sua espressione se solo avesse compreso.

Sorrise. Si soffermò a guardare il convento delle suore benedettine di fronte a casa sua: era enorme. Le sembrava una prigione dove poter rifugiarsi e nascondersi dal mondo, come fecero le figlie di colei che l'aveva fondato.

Quelle mura così alte che racchiudevano mille sofferenze e segreti furono costruite, nel 1646 su volere dalla duchessa Porzia Carafa Gaetani e furono il rifugio delle sue giovani figlie: Marianna e Giulia.

Il fabbricato enorme è dotato di un bel giardino. La spaziosa chiesa ha una forma esterna che ricorda lo stile classico mentre l'aspetto degli interni è neorinascimentale; nella sua semplice e tersa penombra ispira al raccoglimento e ai pensieri più strani. Vide i volti delle due giovani duchesse.

Svoltò in direzione della via delle zitelle: Angelo Scorciarini Coppola. Questo luogo era soprannominato, così da lei e dalle sue amiche perché abitato in maggioranza da signorine nubili ultra cinquantenni. Inoltre anche la strada non si poteva certo dire fosse stata costruita di recente. Fissò la strada che per un istante sembrò parlare di quelle zitelle, della loro fanciullezza e dei loro amori. Quelle donne con gli anni erano divenute quasi gelide, ma in fondo al loro cuore c'era un dolore nascosto per un amore tanto sognato e mai sbocciato per uno sconosciuto. Col passare degli anni si erano ritrovate sole e vecchie, con l'amaro nel cuore, così come era capitato a colui a cui era stata dedicata la strada.

Angelo Scorciarini Coppola era un medico che approfondì la scienza e la ricerca agraria. Anche lui era solo. A lui si devono, la prima cattedra provinciale d'Agraria e la fondazione di molti consorzi cooperativi. Fu il fondatore della Scuola Agraria e della Banca del Matese. Introdusse metodi agrari e nuove razze animali. Morì suicida il 27 aprile 1898. Si trovò, di fronte a una grave e improvvisa malattia e si tolse la vita nel cimitero di Napoli, preferendo una fine istantanea a una lenta decadenza.

Sara fissò quell'incommensurabile oscurità che si estendeva ben oltre la sua vita. S'immaginava vecchia col cuore gonfio di dolore per non essere riuscita a dire a Bruno che lo amava.

Chissà, forse in un'altra vita, potrà essere felice col suo amore.

Camminava con la sensazione di essere appollaiata su un grosso dirupo senza poterne vedere il fondo, come quando da bambina aveva paura del vuoto. Attraversò l'incrocio in direzione del ponte, lo oltrepassò e si soffermò. Vicino alla piccola fontana guardò in direzione di piazza Carmine.

La piazza era il luogo d'incontro dei ragazzi; di solito si restava seduti sulla fontana a parlare, guardarsi intorno e criticare il modo di vestire e le nuove coppie, oppure si partiva in cerca di un ristorante.

La nostra fontana aveva una forma particolare; al centro c'erano gradini da cui sarebbe dovuta scendere l'acqua diretta verso le grandi vasche che la maggioranza delle volte erano sporche. In realtà l'acqua non usciva mai e i gradini erano così utilizzati per sedersi. Intorno alla piazza c'erano grandi alberi, aiuole con fiori e il parcheggio era utilizzato dalle coppie per appartarsi. Di fronte c'era la Procura, dove si soffermava il solito gruppetto di figli di papà.

Nel versante opposto c'era il bar di Ianelli con alcune panchine, dove sedevano i vecchi. A volte sembrava che i loro occhi, stanchi, cercassero di rubarci la gioventù o che ripensassero a quant'era bello ai loro tempi far la corte a ragazze più semplici.

Come ogni sabato sera, la piazza era affollata. In lontananza c'erano Carmine, Annalisa, Dalila, Giulia, Rosy e Luca; gli amici di sempre con cui aveva diviso i banchi di scuola e i racconti di paura, che sua nonna narrava; ognuno di loro sembrava non aver paura, ma al momento del ritorno a casa, al solo pensiero d'attraversare il viale buio, si tenevano stretti come bambini spaventati.

Carmine era il suo amico di mille avventure, con lui aveva scalato spesso il monte Miletto; anche suo papà si fidava e le diceva che Carmine, nonostante il suo aspetto burbero, era un ragazzo con la testa sulle spalle.

Annalisa era dolce e timida. Ognuno di loro cercava sempre di coinvolgerla nei loro progetti, altrimenti sarebbe rimasta chiusa in casa. Si erano ripromessi che nessuno di loro l'avrebbe mai esclusa. Con gli anni, Annalisa ha acquisito fiducia in stessa e ogni tanto propone anche lei un itinerario che di comune accordo si decide sempre di seguire.

Dalila era testarda e orgogliosa. Molto spesso loro due si scontravano, ma poi finivano sempre per far pace.

Giulia era molto gracile di costituzione, ma possedeva una memoria incredibile e ricordava tutte le date storiche; le sembrava un libro di storia vivente.

Rosy era la sua migliore amica: dolce, paziente e sempre disponibile ad aiutare gli altri, ad essere comprensiva anche se qualcuno era sgarbato con lei. Ma quando era arrabbiata bisognava starle lontano mille miglia.

E infine c'era Luca, cupo e tenebroso, sempre circondato da tante ragazze che gli facevano il filo, ma il suo cuore era riserva di caccia di Rosy.

Eccoli lì, mancava solo lei. Ma quel giorno non si sentiva in forma, sarebbe stato un altro sabato noioso; meglio rincasare e immergersi nelle sue fantasie. Stava per tornare sui suoi passi quando vide Bruno e sentì il suo cuore accelerare, aveva paura che le persone potessero sentirlo tanto batteva forte; lui si voltò e la guardò, lei sorrise e lui e la salutò con la mano. Bruno, il ragazzo dei suoi sogni. Era innamorata di lui dalla quarta superiore e una volta aveva creduto di essere ricambiata. Spesso s'incontravano di mattina quando andavano a correre, la sfidava sempre e lei non si tirava mai indietro. Era così bello vederlo correre mentre il vento gli scompigliava i suoi capelli neri e le piccole goccioline di sudore sembravano accarezzarlo dolcemente. Un giorno si fermarono, ad ammirare il panorama di San Giovanni, era circondato da tanti ulivi e si vedeva la valle dell'Inferno con la sua vegetazione incontaminata, il Palazzetto Ducale e una veduta mozzafiato di Piedimonte. Mentre erano seduti ad ammirare il bel panorama, Bruno la guardò in modo diverso e lei sentì il suo battito accelerato; lui si voltò verso di lei, le accarezzò il viso e la baciò dolcemente. Sara, senza rendersi conto delle sue azioni, si ritrasse d'istinto. Lui senza dire una parola, ricominciò a correre. Da quel giorno non hanno più corso insieme.

Ferma in mezzo alla strada non riusciva a camminare finché, un'automobile non suonò riconducendola alla realtà.

Col cuore in gola andò in direzione dei suoi amici, chiedendosi perché non le davano una possibilità per spiegare il suo atteggiamento.

Guardava i suoi amici che discutevano sulla direzione da prendere; Carmine propose la discoteca, Dalila una cena al ristorante cinese e Rosy propose di andare in montagna e fermarsi a mangiare dall'inglese. Alla fine tutti votarono per la proposta di Rosy. Per andare in montagna, bisognava attraversare il ponte di valle Paterno e la casa dei fantasmi.

Valle Paterno nota perché nel 221 a.C. ritrovarono resti della seconda guerra punica era famosa soprattutto per i racconti mistici sulla casa dei fantasmi. A Piedimonte si mormorava di una donna bellissima che piangeva alla finestra della casa. Si raccontavano anche tante storie di persone morte in circostanze poco chiare. Chiunque andasse ad abitarci raccontava che sentiva piangere e alla fine la casa fu abbandonata al suo mistero.

La casa era di un giallo ormai scolorito dal tempo e dalla pioggia. Circondata da un vecchio cancello, era stata costruita su due piani e si affacciava su un precipizio; le sue finestre erano distrutte dal vento e aveva un portone vecchio e malridotto.

Ogni volta che Sara le passava di fianco, aveva la sensazione di vedere una donna bellissima di cui non aveva paura e da cui si sentiva attratta. Della donna misteriosa non aveva mai parlato con nessuno.

Arrivati al ponte Sara la vide, ma stavolta era diverso, si sentiva chiamare; il suo cuore le diceva di andare da lei.

Iniziò a gridare: « Carmine ferma la macchina, ti prego. Ferma la macchina». Annalisa le chiese se si sentisse, male.

Rosy spaventata disse a Carmine di farla scendere. Lui fermò la macchina davanti al cancello. Sara scese dalla macchina ed entrò nel cancello. Luca la chiamò, Sara lo guardò e gli disse che la donna la stava chiamando. Dalila spaventata si strinse a Rosy e insieme la seguirono. Rosy pregò Sara di andarsene, ma lei si voltò e le sorrise con una strana luce negli occhi. Salì i gradini ed entrò. Nell'oltrepassare il portone, questo si chiuse alle sue spalle.

Le ragazze gridarono, i ragazzi si spaventarono ma cercarono di stare calmi e aprire la porta. Quella vecchia porta, che fino a un istante prima sembrava cadere a pezzi, adesso era solida come una roccia. Chiamarono Sara, le dissero che avevano paura e che le davano la vittoria al gioco. Quello stupido scherzo doveva finire. Sara, non sentiva più i suoi amici e saliva quelle vecchie scale scricchiolanti come ipnotizzata. Alla fine della scala c'era lei, era così bella e affascinante al punto che Sara provava attrazione per lei. Non aveva paura perché sentiva di potersi fidare.

La signora le fece segno di seguirla in una camera vuota e buia con un grande specchio che nulla aveva a che vedere con quella la stanza. Al suo interno c'era una camera stile ottocento, con un letto a baldacchino e sopra di esso c'erano indumenti intimi e un vestito da giovane nobildonna. La donna allungò una mano attraverso lo specchio e prende i vestiti. Sara inizia a spogliarsi per indossare quegli strani indumenti che neanche sua nonna avrebbe mai messo. Si guarda allo specchio e resta meravigliata nel vedersi, il suo seno sembrava esplodere; sorrise nel pensare a Bruno, che sarebbe restato meravigliato nel vederla vestita in quel modo. La donna le raccolse i capelli.

Lei aveva una bellezza forte e sfrontata del suo futuro, con zigomi scimitarre gemellari sotto la pelle candida. Capelli lisci di un castano dorato, occhi azzurri con un bianco puro e luminoso che rispendevano come perle. Le labbra di Sara erano piene e marcate. Dalla sua espressione non c'era nulla che potesse indicare la sua età, ma la sua pelle tenera e delicata come un neonato e il suo bel naso dritto e ben modellato, facevano apparire Sara come una puledra scalpitante nella gabbia in partenza.

Sara sorrise. Le chiese perché era vestita di quel modo e chi era lei.

«Io mi chiamo Alessia Gaetani, sono nata nel 1779 e sono morta vent'anni dopo. Sono stata assassinata da un uomo che non ho mai amato. Da quel giorno, il mio spirito vive in questa casa lontano dal mio corpo e solo il giorno in cui il mio corpo riposerà in un luogo sacro, potrà finalmente riposare in pace. «Sara, sono stanca di vagare nei secoli e vedere la sofferenza delle persone e la mia solitudine. Dentro di me ho sempre saputo che un giorno qualcuno sarebbe venuto in mio aiuto. Ti ho visto crescere. Ero sicura che quando passavi su quella carrozza strana che chiamate automobile ti accorgevi di me e ogni volta speravo che ti saresti fermata ad aiutarmi; oggi finalmente sei qui.»

«Alessia cosa posso fare per aiutarti?»

«Devi tornare indietro nel tempo e scoprire dove seppellire il mio corpo. Avrai solo sei giorni per scoprirlo».

Detto questo, le pose un mantello sulle spalle e le indicò di oltrepassare lo specchio.

Mentre Luca e i suoi amici la chiamavano, si erano fermate altre macchine. Tutti cercarono un passaggio da cui poter entrare. All'improvviso si vide un bagliore di luce e contemporaneamente il portone si aprì. I ragazzi e i passanti iniziarono a salire la scala; si avvertiva un'aria gelida. Rosy, Annalisa, Dalila e Giulia si strinsero e controllarono le stanze del pianoterra, ma di Sara non c'era segno. Iniziarono a salire le scale che conducevano al piano superiore col cuore in gola, alcuni controllarono le stanze di destra e altri in fondo. La chiamarono di nuovo, ma non ci fu risposta. Entrarono nell'ultima stanza, che a differenza delle altre era calda. Emanava una sensazione di pace, Rosy si voltò e vide sul pavimento i vestiti di Sara, ma di lei nessuna traccia.

I ragazzi si strinsero tra loro, Dalila urlò dallo spavento e tutti uscirono dalla casa di corsa

Speravano in uno scherzo di Sara e si divisero:Luca e le ragazze andarono in piazza alla sua ricerca, mentre Carmine rimase con quelle persone estranee ad aspettare e continuare le ricerche. In piazza si divisero e iniziarono a chiedere informazioni, ma nessuno aveva visto Sara. Bruno li stava osservando e aveva intuito che c'era qualcosa di strano in loro; si avvicinò a Luca e gli chiese una spiegazione. Luca lo guardò distrutto e iniziò a raccontargli la loro avventura e di come Sara fosse scomparsa nel nulla. A Bruno gli sembrò di precipitare in un tunnel senza fine, aveva il cuore in gola, sentiva la sua voce salire fino ad arrivare alle labbra. Gridò come un pazzo. Era arrabbiato con Sara, con Luca ma soprattutto arrabbiato con se stesso per non aver mai detto a Sara quanto le voleva bene e quanto la desiderasse.

Le parole gli uscirono dalla bocca senza che riuscisse a fermarle: «Stupido, stupido».

«Bruno stai bene? Perché mi chiami stupido, non è stata colpa mia».

«Sono stupido perché non le ho mai detto di volerle bene, sono uno stupido».

Ci fu un silenzio tra i due ragazzi, poi Luca fece un respiro profondo e disse: «Stai tranquillo, la ritroveremo».

Nel frattempo, Carmine aveva chiamato i carabinieri sperando che gli credessero. I carabinieri in un primo tempo pensarono che fossero ubriachi e gli controllarono il tasso alcolico.

«Dovete crederci, la nostra amica è scomparsa, non riusciamo a trovarla, sono ore che la cerchiamo nei dintorni e in quella maledetta casa».

«Ragazzo calmo, dimmi il tuo nome.»

«Mi chiamo Carmine Blacky».

«La ragazza che è scomparsa, come si chiama?»

«Sara Simeone, ha vent'anni ed è entrata in quella casa e non è più uscita, vuole fare qualcosa?»

«Stai calmo.»

I due carabinieri ascoltarono le testimonianze dei passanti e iniziarono a comprendere che fosse più di un semplice scherzo tra ragazzi.

Arrivarono Luca, le ragazze e Bruno. Bruno corse per le scale in quella stanza e provò una calma incredibile; per un istante aveva avuto la sensazione che ci fosse qualcuno che gli sfiorasse il viso e una voce dolce che lo chiamava Victor, ma indietreggiò di colpo calpestando i vestiti di Sara. Si fece coraggio e chiamò Sara.

Sentì una mano sulla spalla e si voltò sperando che fosse lei.

Il suo sguardo cadde nel vuoto nel vedere il carabiniere che gli chiedeva di uscire da quella stanza e di lasciargli fare il loro lavoro. Lo accompagnò fuori e si diresse verso il suo collega.

«Paolo, quella casa mette i brividi, c'è qualcosa di strano, non che io sia superstizioso, ma...».

«Dai, Luciano non scherzare.»

«Non sto scherzando, per la prima volta ho un po' di paura, credo sia una cosa seria».

Paolo lo guardò e vide Luciano serio. Si preoccupò; era la prima volta da quando lavoravano insieme che era così serio e spaventato. Si girò e guardo quella casa, che gli sembrava davvero stregata. Si distolse dal pensiero e cercò di ritrovare la calma, anche se quella notte l'avrebbe ricordata per tutta la vita.

Ancora una volta i ragazzi si divisero in gruppo.

Ognuno di loro si sarebbe ritrovato in piazza Carmine dopo due ore.

Era l'una passata, i genitori di Sara erano preoccupati.

Sara non era mai rientrata dopo la mezzanotte.

La mamma di Sara guardò il marito: «Gianni, che pensi che sia successo?».

«Marta, spero sia con i suoi amici, ma quando rientra la sgriderò.»

Di scatto il papà di Sara sentì un tonfo al cuore, si tolse il pigiama e si vestì.

«Gianni dove vai?»

«Non riesco a stare nel letto, esco a cercarla.»

«Aspetta, vengo con te.»

Dopo dieci minuti erano in piazza. Vedevano quei ragazzi parlare e discutere animatamente e non capivano che cosa li tenesse svegli a quell'ora, ma poi pensarono: «È una bellissima giornata di settembre e avranno tutto l'inverno e la maturità per restare a casa».

«Gianni, lì ci sono Carmine, Luca, le ragazze e Bruno».

«Chi è Bruno?»

«È il ragazzo che piace tanto a tua figlia. Un giorno ho ascoltato lei e Rosy che ne parlavano.»

«Ah, bene, adesso mi sente tua figlia.»

«Stai calmo, ma non la vedo.»

Luca si girò e vide i genitori di Sara.«Rosy, ci sono, la mamma e il papà di Sara».

«Carmine cosa facciamo, chi ha il coraggio di parlare?»

«Ciao ragazzi.»

«Buonasera, signori Simeone.»

«Dove è Sara?»

Ci fu un silenzio tombale. Il papà di Sara iniziò a preoccuparsi, non sapeva perché ma vedeva in Bruno un rivale che voleva rubargli la figlia.

«Allora ragazzi, dov'è mia figlia? Parlate! Rosy, dov'è Sara?»

I ragazzi non parlavano e Rosy iniziò a piangere, non riusciva a trattenersi; erano ore che voleva farlo e iniziarono a piangere anche le altre.

La voce dei genitori di Sara era bassa e piena di paura.

«Vi prego ragazzi, diteci dov'è nostra figlia».

Bruno guardava quell'uomo che cinque minuti prima era forte e duro come una roccia e che ora si stava sciogliendo come un ghiacciolo al pensiero di una notizia terrificante. Decise che doveva essere lui a comunicargli la verità, perché provava gli stessi sentimenti di paura.

«Vede signor Simeone, Sara è scomparsa.»

Gli raccontò di come aveva fatto fermare la macchina di Carmine, delle ricerche svolte e di come i carabinieri si stessero già occupando del caso. La mamma di Sara piangeva e non riusciva a parlare. Strinse solo la mano del marito appoggiandosi a lui per non cadere. Le sembrava che il mondo le crollasse addosso. Il marito fece un enorme respiro e la guardò.

«Carmine, perché Sara è voluta entrare in quella casa?»

«Non lo so, io pensavo che si sentisse male e ho fermato la macchina, lei ha iniziato a gridare di fermare la macchina ed io...»

Scoppiò in un pianto liberatorio. Ormai, le lacrime scendevano dai volti di ognuno di loro. Molti passanti si erano avvicinati attratti dai pianti e avevano percepito la gravità della situazione.

Il papà di Sara chiese alle ragazze di accompagnare sua moglie a casa mentre lui andava con i ragazzi in quella casa e poi dai carabinieri. Lei lo guardò con gli occhi spenti e riuscì solo a dire: «Gianni».

«Non preoccuparti Marta, la riporterò a casa».

Arrivati al ponte, Gianni aveva tanti pensieri e tante domande, ma la cosa che più gli importava era riabbracciare sua figlia. I carabinieri guardavano quell'uomo che voleva assolutamente entrare in quella casa.

«Vi prego, lasciatemi entrare, è mia figlia».

«Signore, non c'è nulla da vedere.»

Gianni sentiva una forte rabbia salirgli dal cuore e in un momento di distrazione spinse il carabiniere, corse dentro quella maledetta casa e iniziò a chiamare disperato, il nome di sua figlia. Entrato nella camera, vide i vestiti di sua figlia sul pavimento e li strinse al petto piangendo come un bambino. Il carabiniere lo prese con dolcezza e lo condusse fuori dalla casa; neanche lui avrebbe mai voluto ricevere una notizia del genere. Chiese ai ragazzi di condurlo a casa, se ci fossero novità li avrebbe subito informati.

Passarono tutta la notte ad aspettare.

La casa, il cortile e la strada erano pieni di persone care e sconosciute che aspettavano.

Il mattino seguente, della scomparsa di Sara ne parlarono alla televisione. La sua foto comparve sulla prima pagina dei quotidiani.

I ragazzi furono, chiamati in caserma e furono messi sotto torchio; erano indagati per la scomparsa di Sara e come tali non potevano lasciare il paese e dovevano restare a disposizione per altre domande. Usciti dalla caserma, c'erano Bruno e i loro genitori che li aspettavano.

Rosy pianse e corse verso sua madre: «Mamma, pensano che noi abbiamo fatto del male a Sara». Come possono pensare una cosa simile? Perché non la cercano?».

«Rosy, stai tranquilla, torniamo a casa.»

Bruno cercò di rassicurarli dicendogli che i carabinieri facevano solo il loro lavoro. Rimasto solo, s'incamminò in direzione della piazza. Si mise a sedere sopra una panchina e chiuse gli occhi per ritrovare con la mente il dolce sorriso di Sara. All'improvviso si ricordò di quella voce piena d'amore e di dolcezza che pronunciava il nome di Victor.

Chi era Victor?

Sara si risvegliò costernata, pensava che avesse sognato o che stesse ancora sognando. Si guardò, era ancora vestita stile ottocento, ed era in una carrozza. C'era un cocchiere che aveva aperto l'uscio e diceva: «Buongiorno signorina».

«Buongiorno.»

«Siamo quasi arrivati dai conti Gaetani.»

«Dove siamo?»

«Piedimonte D'Alife.»

Sara si ricordava la spiegazione della sua professoressa in terza media quando aveva letto la descrizione del suo paese, che una volta si chiamava Piedimonte D'Alife.

Il paese si estende dalle coste del Muto del Cile, ammantate di folti ulivi, sino al piano dove in due nastri d'argento serpeggia il Torano. Con la sua posizione incantevole fra le fresche auree e il mormorio delle limpide acque sorgive ha ispirato molti poeti. Piedimonte è un piccolo centro sul cui suolo hanno camminato molti personaggi illustri. Fra le personalità del passato, ricordava d'aver letto della famiglia Gaetani D'Aragona che raggiunse alti gradi militari sotto la bandiera di Spagna dal 1503 al 1713 col Regno di Napoli, che era unito a quello di Spagna; ripensando alla storia del suo paese e alla descrizione di quei luoghi a lei familiari, decise di vederli di persona.

Sara d'istinto aprì la tendina e guardò fuori; non c'era la nazionale, non c'erano case e negozi, solo terra coltivata e persone che lavoravano i campi e di tanto in tanto una vecchia casa. Com'erano diversi quei luoghi a lei così familiari, faticava a riconoscere la periferia del suo paese. Non riusciva quasi a riconoscere il suo paese se non fosse stato per la chiesa, l'arco all'inizio di Piedimonte e il vecchio ponte dove scorreva il Torano. Le sue acque limpide riflettevano i raggi del sole. Quel torrente non aveva mai avuto l'acqua così limpida e pulita. Doveva vederlo meglio.

«Cocchiere! » Cocchiere!»

«Sì, contessina.»

«Si fermi per favore.»

«Contessina, la devo condurre al palazzo. Mi hanno ordinato di non fermarmi neanche durante la notte per riposarmi.»

«È un ordine, mi assumo io la responsabilità.»
«Se lo ordina.»

Sara non riusciva a scendere dalla carrozza con quel vestito e anche il suo sedere era tutto indolenzito, così il cocchiere si precipitò ad aiutarla. Le carrozze non erano per nulla comode anzi, con le strade senza asfalto e con il tempo veniva un sedere da scimmia. Camminava lentamente per quella strada familiare ma allo stesso tempo sconosciuta, attirando la curiosità di quei pochi contadini. Si chiese se i suoi antenati fossero contadini o nobili. Le piaceva vedere la natura così viva e bella, senza smog e immondizia. Era un'epoca affascinante ma diversa dal suo mondo, dove gli uomini comandavano sui poveri e sulle donne. All'improvviso sentì un rumore, si voltò e vide in lontananza cavalli e cavalieri. Il cocchiere sembrò riconoscere uno di loro, scese di corsa dalla carrozza pregando Sara di risalire. Lei però era troppo abituata a fare ciò che voleva e non si rendeva conto che il povero cocchiere sarebbe finito nei guai. Uno dei cavalieri scese da cavallo e si avvicinò al cocchiere con area minacciosa. Sara si mise in mezzo senza guardare il cavaliere negli occhi e gli disse: «Ho chiesto io di fermarci». Poi alzò gli occhi per guardarlo in viso. Rimase sbalordita dalla somiglianza con Bruno e smise di parlare; le sue labbra tremavano, sentiva il suo corpo ardere di passione. Se non fosse stato per alcune piccole differenze, lo avrebbe chiamato Bruno. Quel tipo aveva i capelli lunghi ed era più robusto; con qualche chilo in meno e i capelli corti sarebbero stati identici come due gocce d'acqua.

L'uomo guardò il cocchiere, gli ordinò di salire in carrozza e aprì lo sportello; prima di farla salire, prese la mano di Sara e si presentò: «Sono il conte Victor Gaetani e lei deve, essere la contessina Sara». Le baciò la mano.

Sara sentì il suo volto infiammarsi. Era come se Bruno la stesse baciando,

il suo cuore galoppava forte e non riuscì a emettere suono. Victor, aiutò Sara a salire sulla carrozza con un sorriso malizioso e riprese il viaggio in direzione Palazzo Gaetani.

Sara cercò di riprendere fiato, il cocchiere aprì l'uscio e le chiese: «Contessina, va tutto bene?».

Lei annuì e ripresero il viaggio,ormai il palazzo dei Gaetani era visibile.

Il palazzo dei Gaetani dell'Aquila di Aragona si estendeva maestoso nel quartiere medievale di Piedimonte. Per la sua posizione e la sua mole severa è certo la più imponente testimonianza storica di un antico e notevole comparto edilizio peraltro non privo di altri monumenti, come la chiesa gotica di San Giovanni che svetta sul borgo, o la basilica maggiore S. Maria o il convento domenicano.

Il palazzo era diverso da quello del 1989 e sulle sue mura c'erano gli stemmi di famiglia. Le scale di pietra erano ben curate e non c'era nessuna erbaccia. Nel palazzo c'erano aiuole piante e fiori, mentre la scala d'ingresso era abbellita da statue di marmo.

Il cocchiere le raccontò che nei giorni successivi il giardino sarebbe stato addobbato e preparato con musica, fiori e divertimenti, per la sposa e gli amici intimi dei conti. Mentre ascoltava le sue parole, comparve Alessia sulla porta; Sara le andò incontro pensando che l'avrebbe salutata, ma lei non la riconobbe e si chiese il perché. Comprese che lei non era tornata indietro.

Dietro di lei c'era Victor, il suo amore con duecento anni in meno ma sempre il suo amore. Era raggiante, il riflesso del sole risplendeva nei suoi occhi verdi che emanavano sensualità. Victor si avvicinò, la presento ad Alessia e la condussero in casa. Il cuore le batteva forte e sentiva le gambe tremare, per fortuna che aveva quel vestito che la copriva. Victor la accompagnò nella sua camera e lei si chiuse la porta alle spalle; il suo cuore le pulsava forte e chiuse gli occhi sperando che Victor fosse Bruno.

Aprì gli occhi; la sua camera era come quella riflessa nello specchio della casa stregata, era enorme e molto strana. Saltò sul letto morbido e profumato, aveva sempre desiderato farlo ogni volta che era andata a visitare la reggia di Caserta. Sullo scrittoio c'era un calamaio con una penna, nell'altro angolo c'era il cammino acceso e la sua fiamma riscaldava l'ambiente; sopra di esso, c'era il ritratto di una nobildonna bruttissima e sarebbe stata dura non aver paura di quel volto durante la notte.

Incuriosita, si avvicinò all'armadio e lo aprì; c'erano tantissimi vestiti rosa, azzurri e bianchi, scarpe con il merletto, cappellini e ombrellini per il sole.

Bussarono alla porta; era la cameriera vestita di nero con grembiule e cuffia bianca che aveva il compito di servirla in tutto. Le preparò il bagno e iniziò a lavarla dalla schiena. Sara, imbarazzata saltò fuori dalla vasca come un grillo sotto lo sguardo incredulo della cameriera.

Scelse un vestito azzurro con un corpetto a vespa che le metteva in mostra le rotondità del suo seno e la carnagione delicata. Uscì dalla camera perché era curiosa di visitare il palazzo, doveva assolutamente vederlo in tutto il suo splendore.

Curiosava in ogni parte; entrata nel salone al primo piano, non si accorse subito della presenza di Victor, si sentì osservata e si voltò in direzione di lui che le sorrideva. Aveva denti bianchissimi che risplendevano sul suo volto abbronzato.

«Ciao Sara, cerchi qualcuno?»

«No.»

«Ti piacerebbe visitare il palazzo?»

«Sì grazie, è molto bello.»

«Questa sala è chiamata salone dei quadri o salone di rappresentanza. Ci sono sedici schiavi che reggono la volta ai lati di dodici riquadri in cui sono affrescati i fatti celebri della casa Gaetani. Tra le varie storie rappresentate vi è quella del re Ferdinando d'Aragona con tutta la sua corte che adotta Onorato II Gaetani dichiarandolo del suo stesso sangue e concedendo ai suoi discendenti le insegne, il nome, gli onori e i privilegi che si convengono ai principi di una casa reale. Nel soffitto della stanza è raffigurato il grande stemma della famiglia Gaetani con il motto *Non Confunditur*; che significa "Egli non si vergogna". Lo stemma è dominato da un'aquila che reggeva la corona fiancheggiata dai simboli della giustizia e della carità. Intorno al nostro stemma è posto a decoro un ornamento di altri stemmi inerenti alla stessa famiglia Gaetani. Guarda gli schiavi nudi, non ti danno l'impressione di uscire dalle lastre di marmo dipinte tra una scena e l'altra? Non ti sembrano quasi schiacciati dal peso del panneggio mentre il loro corpo subisce torsioni irreali per degli esseri umani? Sui loro volti si riesce a leggere a malapena un'espressione di sofferenza dovuta allo sforzo sostenuto per districarsi dal cadente panneggio, non è favoloso?»

«Favoloso, vorresti dire orribile e crudele. Questa non è arte».

«Mia cara, credo che tu non comprenda l'importanza di queste sculture, è davvero un'opera d'arte».

«Sarà, ma io vedo solo tanta crudeltà.»

«Dimenticavo che stavo dialogando di arte con una donna, voi siete solo capace di dialogare di merletti e altre sciocchezze».

«Guarda che noi siamo molto più intelligenti di voi».

Victor sorrise divertito e Sara pensò: «Ridi, ridi, tu nel mio mondo saresti solo un povero illuso. Stupido, arrogante e presuntuoso!»Victor continuò: « Entrando da questa porta, si accede alla prima delle tre anticamere che precedono il quarto della loggia grande e l'alcova; qui le pareti sono riccamente decorate da stucchi e cornici dorate che avvolgono le tele, gli elementi dipinti sono tipici del rococò. Guarda le ondulazioni ramificate in riccioli e lievi arabeschi floreali! Vedi mia cara, il rococò ci trasmette uno stile di vita frivolo basato sui piaceri del gusto».

Finalmente, dopo tanto parlare, Sara fu attratta da un quadro diverso dagli altri in cui si vedono due figure che fanno pensare a vari personaggi mitologici; sulla spalla della figura femminile è presente una faretra e il corpo è circondato da cani.

«Ti piace? E' Diana, la mia preferita, la dea della caccia. Lei e i suoi personaggi mitologici mi trasmettono pace. Guarda che colori e l'espressione dei suoi occhi, come si può non amare l'arte guardando questo quadro?»

Sara lo guardava incantata; era totalmente diverso dall'uomo di cinque minuti prima, aveva un'espressione di gioia e di amore che lo travolgeva in tutto il suo essere.

Il palazzo aveva tanti passaggi segreti che Victor non volle mostrare a Sara, ma lei conosceva quello che conduceva da casa di sua nonna al Palazzo Ducale. Non era mai riuscita a scoprire l'entrata e sperava che Victor gliela mostrasse, ma quel luogo invece sarebbe rimasto un segreto per tutti.

Il giardino era la parte più bella di tutta la casa; c'erano oleandri, serenelle, alberi da frutta e le pareti erano ornate da edere e gelsomini. Era così diverso dal palazzo dei suoi giorni.

«Questa è la stalla, guarda i miei cavalli che purosangue; lei è Kira, un vero stallone cresciuto libero sui monti del Matese. Non è stato facile addomesticarla, ma ora siamo un solo corpo e una sola anima, vieni, toccala.»

Victor le prese la mano dolcemente e la condusse verso il cavallo; Sara aveva timore, non era mai sta vicino a un cavallo. Lui le sorrise e le disse di chiudere gli occhi e di ascoltare solo il suo cuore: «Stai tranquilla, Kira è più spaventata di te!». Sara obbedì, sentiva il corpo di Victor vicino al suo, il suo respiro caldo le accarezzava dolcemente i capelli ed era tranquilla e agitata allo stesso tempo; accarezzò il cavallo e non ebbe paura, aprì gli occhi e vide una folta criniera bianca con due occhi dolcissimi.

Victor si voltò verso di lei, le loro bocche si sfioravano quasi: «Ti prego, posa per me, hai colpito il mio cuore; voglio solo immortalarti nella tela, sarai la mia Venere».

Sara era pietrificata e annuì. Non riuscì a dirgli di no, era il suo amore a chiederglielo.

Victor fu chiamato da un servo e Sara cercò di ritrovare la strada della sua camera; dopo tanto guardare e parlare delle bellezze del palazzo, era stanca e voleva solo riposarsi. Finalmente era nella sua camera; si tolse, tutti quei pizzi e merletti, si mise una camicia e decise di evitare la cuffia per i capelli. Non aveva fame e neanche voglia di vedere nessuno, era confusa e sentiva la nostalgia dei suoi genitori e di sua nonna; tutti questi luoghi la conducevano con la memoria a loro e a quel quadro orribile. Si alzò dal letto e prese il quadro chiedendo scusa alla donna, lo depose di fianco allo scrittoio, si mise a letto e si addormentò. Quella notte sognò di tutto. Non era ancora l'alba quando Sara si svegliò; il quadro era di nuovo al suo posto e fece un urlo che per fortuna non udì nessuno; il riflesso del cammino acceso le faceva luce in camera, prese la candela di fianco al suo letto e lo accese per vedere meglio.

Guardò fuori dalla finestra e la candela nello studio di Victor era accesa; sorrise di quel tipo così dolce e gentile, ma anche tanto arrogante e presuntuoso. Notò un movimento strano nel giardino, vide un'ombra che non sembrava umana. Era curvo e vestito di nero, il volto non lo vedeva si strofinò, gli occhi e cercò di guardare bene ma non c'era nessuno; forse era stata solo il frutto della sua immaginazione a causa del dipinto della donna.

Ritornò a letto in l'ansia, e per un lungo tempo, che le parve interminabile non riuscii a riprendere sonno. Si tranquillizzò e con la mente iniziò pensare a Victor e Alessia e non sapeva ancora cosa avrebbe fatto per impedire la sua morte, non era giusto. Si addormentò e sognò. Nel sogno era buio pesto, l'unica luce fioca sembrava provenire dalla luna coperta dalle nuvole, il volto di Alessia era pallido e spento, si allontanava da lei, lasciandola sola nell'oscurità. Correva veloce per raggiungerla; ma per quanto la chiamasse urlando disperata, non si voltò. Il cuore le batteva forte e il buio invadeva la sua anima, l'uomo del giardino la guardava, i suoi occhi erano gelidi come il ghiaccio; sudava freddo e tremava. Dall'oscurità una voce la chiamò...

Fu svegliata dall'acqua che la cameriera versava nella vasca.

«Buongiorno contessina.»

«Buongiorno.»

«Il bagno è pronto, se vuole entrare in acqua l'aiuto a lavarsi!»

Sara ubbidiva, in fin dei conti era stato piacevole farsi lavare la schiena.

Dopo il bagno fu aiutata a vestirsi e uscì per andare a fare colazione con i suoi nuovi amici.

Arrivava un buon profumo, il giorno prima non aveva mangiato nulla e il suo stomaco quasi urlava.

La tavola era imbandita con tovaglia di pizzo, candele e fiori profumati. Seduta al tavolo Sara imbarazzata, non sapeva quale posata utilizzare: per fortuna che Alessia era seduta al suo fianco e poteva imitare i suoi movimenti.

La colazione durò circa due ore e Victor, consegnò un biglietto a Sara senza essere visto da nessuno.

Sul biglietto c'era scritto: "Ti aspetto fra mezz'ora nel mio studio".

"Che arrogante, è totalmente sicuro che io vada."

Sara andò in camera nervosa; camminava dal letto alla finestra, erano passati ormai venti minuti, la sua mente non voleva andare, ma il suo cuore le diceva di correre. Prevalse il cuore. Sara uscì dalla stanza. Bussò alla sua porta lentamente, quasi con la paura che lui la sentisse. La porta si aprì e le fece segno di sedersi sulla poltrona. Sara stava per parlare ma lui le mise un dito sulle labbra e lei socchiuse gli occhi. Lui si allontanò e iniziò a farle un ritratto; dopo un paio d'ore circa, finalmente Victor si fermò e Sara poté tornare di nuovo a respirare tranquilla. Le fece un primo piano senza colori, lo avrebbe colorato solo in seguito: voleva immortalare la sua bellezza nella tela; la conosceva da due giorni, ma era come se la amasse da una vita. Sapeva che la sua partenza le avrebbe spezzato il cuore, ma la sua anima sarebbe restata per sempre in quella tela e gli sarebbe bastato toccarla per sentirla sua.

Victor si voltò verso di lei e la baciò. Sara ricambiò il suo bacio arsa dal desiderio. L'incanto fu interrotto dalla domestica che li avvertiva dell'inizio del banchetto.

Victor si allontanò da lei e coprì la tela. Sara si sentiva ancora tremare. Per la prima volta aveva baciato con desiderio e con passione. Fino a quel momento i suoi baci erano sembrati quasi disgustosi e ogni volta, si chiedeva perché le sue amiche parlassero del bacio come l'inizio della passione. Adesso conosceva il desiderio e la passione, e per un istante si sarebbe concessa a lui senza pudore.

S'incamminarono verso il giardino in silenzio. Ognuno era immerso nei propri pensieri. Sara lo seguiva come un cagnolino e prima di entrare in giardino lui si voltò verso di lei, la guardò con passione, e mentre stava per dirle qualcosa una giovane nobildonna, si avvicinò.

«Victor tesoro, dov'eri? Ho chiesto ai domestici di cercarti.»

«Ciao Rosa.» La salutò con un bacio sulla mano.

Rosa si accorse della presenza di Sara e la guardò con odio e disprezzo. Victor intervenne, comprendendo la situazione.«Rosa ti presento la contessina Sara.»«Sara, questa è la mia promessa sposa, la contessina Rosa Grimaldi».

Rosa fece un lieve inchino con la testa e trascinò Victor lontano da lei.

Sara guardava quella donna minuta e grassottella che sfigurava di fianco al suo amore.

Rimasta sola in disparte, Alessia si avvicinò a Sara.

«Sei triste? Fra quattro giorni ci sarà il mio matrimonio e non voglio che nessuno sia infelice».

«Le chiedo scusa Alessia, sono stanca e sento nostalgia della mia famiglia».

«La comprendo, anch'io al pensiero di lasciare solo mio fratello mi sento male, per fortuna fra un po' di tempo si sposerà con Rosa ed io sarò più tranquilla.»

Sara guardò Alessia e si ricordò che la sera delle sue nozze sarebbe stata assassinata e per duecento anni sarebbe vissuta come un fantasma. Si ricordò della sua promessa e si mise in testa che Victor non era Bruno e che ognuno di loro sarebbe dovuto andare per la sua strada.

«Alessia ha ragione, le prometto di divertirmi».

«Allora Sara, mi parli di lei.»

«Vivo in un paese lontanissimo, sono figlia unica e ho tanti amici».

Sara tornò con la mente ai suoi amici e ai suoi genitori che in quel momento di certo saranno stati in pensiero e a come avrebbe spiegato i suoi giorni d'assenza.

Ripensò ai suoi genitori...

I suoi genitori erano abbracciati sul divano circondati dalle persone più care; sua madre era distrutta, ogni volta che suonava il telefono, il suo cuore temeva una brutta notizia, non riusciva a non pensare alla sua Sara. Ogni volta le sembrava di precipitare giù e poi di fluttuare per poi precipitare di nuovo aspettando che arrivasse sana e salva.

Ad Alessia e Sara si avvicinò un tipo losco.

Alessia impallidì nel vederlo; lui le baciò la mano e Alessia la ritrasse con disgusto provocando sul volto dell'uomo un riflesso d'ira seguito da un sorriso di sfida.

«Alessia, non mi presenti alla tua bella amica?»

«La contessina Sara, il conte Lorenzo.»

Il conte le baciò la mano e Alessia ne approfittò per congedarsi con la scusa di salutare Rosa.

Lorenzo era pieno d'ira e stritolava il suo bastone tra le mani come fosse un pezzo di stoffa. Sara lo guardava, pensò che fosse lui l'uomo giusto e decise di approfondire la conversazione e di stargli alle costole.

«Signor Conte, lei è un parente o un amico della sposa o dello sposo?»

Lui la guarda con disgusto e odio. Era la seconda persona nel giro di un'ora che provava odio per lei.

«Sono amico della sposa, lei?»

«Sono una lontana parente della sposa.»

«Qual è la sua casata?»

Sara per un istante restò perplessa, poi si ricordò dei conti Massimo.

«I conti Massimo di Roma.»

«Ho sentito parlare di loro.»

Dall'altro lato, Alessia parlava con suo fratello e Rosa la prese per mano.

Victor si allontanò dalle donne in direzione di Sara e del conte.

Il conte sorrise con ironia. Sara guardava Victor, completamente diverso dall'uomo che l'aveva baciata. Era rosso di rabbia, i denti scintillavano e le sue labbra si contorcevano in un ghigno demoniaco. Fece cenno ai suoi uomini.

Il conte si voltò verso Sara e sorridendo le disse: «È stato un piacere, ma devo lasciarla».

«Victor, che piacere rivederti.»

«Lorenzo, ti consiglio di andare via dalla mia proprietà o altrimenti dimenticherò che un tempo eravamo amici.»

«Dici bene, un tempo passato. Ti posso giurare che Alessia non sarà mai di Andrea.»

«Ti staccherò la testa prima che tu possa toccare solo con un dito mia sorella».

Victor stava per colpirlo e Sara si mise tra i due uomini.

«Ti prego Victor, sono certa che il Conte abbia compreso e che adesso andrà via senza discutere.»

Sara si mise coraggiosamente tra i due uomini e gli disse col cuore gonfio di timore: «Ti prego Victor, lascialo...».

Poi rivolta al conte: «Lorenzo, levati dai piedi prima che la tua vita finisca».

«Contessina, è stato un piacere» e col suo sorriso beffardo andò via.

Senza dire una parola, Victor trascinò Sara in casa come una furia: «Perché ti sei intromessa? Sono cose da uomini. Una donna sa qual è il suo posto. Mi hai reso ridicolo.»

«Volevo solo impedire un duello, ho promesso ad Alessia...»

Sara non riuscì a terminare la frase che gli occhi si riempirono di lacrime. Lui era furibondo con lei e le faceva male.

Alessia e Rosa erano dietro di loro e avevano assistito alla scena. Sara le vide e si sentì umiliata, scoppiò in lacrime e corse via. Alessia guardò suo fratello, Rosa non osava fissarlo.

«Alessia non dire una parola, ma chi si crede di essere? Mi ha reso ridicolo».«Alessia! » la chiamò Rosa, «dobbiamo andare dagli ospiti. Forza, il peggio è passato. Sara capirà e Victor si calmerà. Lo conosci.»

«Sì, Rosa, però mi dispiace per Sara.»

«Non ti preoccupare, adesso andrò io a vedere come sta.»«Alessia, devi congedarti dagli ospiti.»

Sara era distesa sul suo letto: non capiva quell'uomo, che qualche ora prima era stato dolce e gentile ed ora era una bestia, un orco da cui era stata umiliata.

Era assorta nei suoi pensieri quando sentì bussare.

«Sara può, aprire la porta, sono Rosa.»

Si asciugò, gli occhi e aprì la porta. Rosa le prese la mano, non aveva più uno sguardo pieno d'odio, era serena e piena di gratitudine.

«La ringrazio, Victor è così testardo. Non permette a nessuno di ostacolare le sue decisioni, soprattutto a una donna. «Oggi un'estranea l'ha contraddetto e per lui è stata una vera offesa.»

«Mi dispiace contessa, io volevo solo evitare che qualcuno si facesse del male e non volevo umiliare nessuno. Ho promesso ad Alessia che sarei stata felice, lei vuole un matrimonio felice.»

«Lo so. Io le sono riconoscente e anche Alessia.»

«Ora si riposi.»

Victor era nascosto nella penombra e aveva ascoltato la loro conversazione. Provava rabbia per quella giovane donna che aveva osato sfidarlo, ma allo stesso tempo si sentiva ardere di passione per lei. Voleva che Rosa andasse via per entrare, baciarla e possederla per sempre. Rosa uscì dalla camera lasciando Sara perplessa, ma tranquilla. Victor la guardò andare via e pensò a quanto erano diverse; Rosa ubbidiente in tutto, Sara testarda ribelle e appassionata. Uscì dal suo nascondiglio e bussò dolcemente alla porta di Sara.

«Sara sono Victor, posso entrare?»

Ci fu un silenzio e lui pensò che lei non lo volesse vedere. Aprì la porta lentamente, entrò e la richiuse alle sue spalle.

«Sara mi dispiace, non volevo farti piangere né offenderti. Io volevo solo difendere mia sorella. Lorenzo è pazzo e mi fa paura.»

«Scusami tu, è solo che quel tipo è un vigliacco e non volevo che ti facesse del male.»

Gli occhi di Sara si riempirono di lacrime, Victor si avvicinò e le asciugò il volto. La strinse forte al punto che le sembrava di non riuscire a respirare. La strinse tra le braccia, e l'appoggiò dolcemente sul letto. Iniziò a sfiorarle il seno e a baciarla. Con la sua mano percorreva la linea delle gambe salendo su, Sara ardeva dal desiderio. Per un istante rivide il volto di Rosa che la ringraziava, lo scacciò via. Victor era abile con le mani, le aveva tolto il vestito lasciandola con gli indumenti intimi e le baciava il seno sfiorandole il capezzolo con le labbra; lei lo desiderava. Gli prese con le mani il volto, lo guardò, vide che non era il suo Bruno e si ritrasse di scatto come una molla. Lui la guardò.

«Sara, io ti desidero.»

«Victor è una follia, tu sei promesso a Rosa e io ho un ragazzo che mi aspetta.
Anche se ti desidero da morire, non posso tradire la loro fiducia.»

«Quel ragazzo è fortunato ad averti.»

S'infilò la camicia e uscì dalla camera senza voltarsi. Sara era ancora distesa
sul letto seminuda, come l'aveva lasciata Victor e sentiva ancora i suoi baci. Per
un istante ebbe il desiderio di corrergli dietro e di amarlo senza regole. Chiuse gli
occhi, cercò il volto di Bruno e il suo dolce sorriso e capì che Sara e Victor del
passato sarebbero vissuti per sempre in lei e nel suo Bruno nel 1989.

Cadde in sonno profondo nel quale sognò Alessia che le chiedeva di fare in
fretta; aveva ancora tre giorni per aiutarla.

TERZO GIORNO

Fu svegliata da un rumore improvviso : aprì gli occhi sperando che di fianco ci fosse lui. Rimase delusa nel vedere che la domestica le chiedeva se avesse bisogno d'aiuto per fare il bagno. Il camino era acceso e di fianco c'era la vasca piena d'acqua. Sara s'immerse nell'acqua profumata e calda al punto giusto e si sentì rinascere.

Uscì dalla vasca. La domestica le aveva preparato un vestito rosa con le classiche mutande lunghe con il pizzo, il busto e quelle orribili scarpe col merletto. La domestica era molto più giovane di lei e non sorrideva quasi mai. L'aiutò a vestirsi e poi la pettinò.

Sara si guardò allo specchio e ancora una volta restò meravigliata: non si era mai resa conto di essere bella. Era proprio nata nell'epoca sbagliata.

Si sentiva parte di quell'epoca.

Alessia la stava aspettando nella sala: consumarono la colazione insieme come due vecchie amiche.

«Alessia, scusa se te lo chiedo, ma puoi raccontarmi qualcosa del tuo rapporto con Lorenzo?»

«Vedi Sara, io, Lorenzo, Victor e Maurizio siamo cresciuti insieme giocando e divertendoci.»

«Chi è Maurizio?»

«Maurizio è mio cugino, lo conoscerai al mio matrimonio; E' una persona molto gentile. E'partito circa un anno fa dopo il mio fidanzamento. Fin da piccolo

Lorenzo ha sempre frequentato la nostra casa, era il miglior amico di mio fratello. Noi cavalcavamo sempre e spesso andavamo al fiume di nascosto dai nostri genitori a pescare e ci spingevamo nel fiume; era bello!»

Alessia fece un profondo respiro di nostalgia e riprese il suo racconto: «Tutti e quattro nuotavamo liberi come farfalle. Il periodo del gioco terminò con la morte di mia madre. Mio padre decise di mandarmi a Napoli da mia zia per acquisire le buone maniere e io col cuore gonfio di dolore lasciai i miei compagni di gioco. Ho vissuto a Napoli per molti anni. Un giorno mentre camminavo con la mia cameriera ho incontrato Andrea, il figlio di una lontana cugina di mia zia Maria, e da quel giorno sotto lo sguardo vigile di mia zia nacque il nostro amore. Un giorno ho ricevuto una lettera da Victor che mi comunicava la malattia del mio povero papà. Sai Sara, il mio papà si chiamava Bruno e Victor gli somiglia tanto, soprattutto nella testardaggine. Il giorno seguente, comunicai a mia zia e ad Andrea che sarei tornata a casa e avrei portato con me la mia domestica Angela. Prima di partire, Andrea passò a salutarmi e sotto lo sguardo incredulo di mia zia mi chiese di sposarlo ed io accettai. Dopo anni di lontananza ero cambiata e anche gli altri erano diversi, erano divenuti uomini con sentimenti. Ad aspettarmi come al solito c'erano Victor, Lorenzo e Maurizio. Victor era un uomo e sul suo volto non c'era più l'aria spensierata di un tempo ma uno sguardo duro e fiero. Lorenzo era divenuto bello, intelligente, galante e ambito da molte donne. Maurizio si era trasformato in una persona goffa e non bella. Lorenzo e Victor lo prendevano in giro sul suo aspetto. Non trascorrevo più il mio tempo con loro. Ormai ero una donna e mi occupavo della casa e delle cure di mio padre. Ogni tanto guardavo Victor e Lorenzo che cavalcavano insieme e delle volte il mio sguardo, s'incrociava con il loro; Lorenzo mi sorrideva, Maurizio abbassava gli occhi e scappava via come un bambino. Dopo la morte di mio padre, Lorenzo decise di parlare con Victor per chiedere la mia mano e naturalmente mio fratello ne fu felice. Un mese dopo la morte di nostro padre ero in biblioteca quando arrivò Maurizio e iniziò a farmi strane domande. Mi chiese se amavo qualcuno o se avevo notato qualcosa di strano da quando ero tornata. Io lo guardavo sbalordita e gli chiesi il perché- Lui stava per dirmi qualcosa seppur timido e impacciato, ma nel vedere Victor si bloccò: «Alessia devo comunicarti una notizia meravigliosa». Maurizio ed io ci guardammo, lo pregai di parlare. Victor euforico mi disse che Lorenzo voleva sposarmi e che lui ci avrebbe dato la sua benedizione. Maurizio lo guardò arrabbiato e gli disse che dovevo essere io a scegliere l'uomo della mia vita e non lui. Corse via e compresi il suo discorso: voleva avvertirmi di Lorenzo. Seppi, in seguito, che era partito per Caserta. Victor scoppiò in una risata. Io lo guardai e lui divenne serio: «Vedi Victor? Maurizio ha parlato bene. Solo io devo decidere chi sposare, voglio bene a Lorenzo e Maurizio come fratelli. Ho avuto una proposta di matrimonio ed ho accettato. Si chiama Andrea Miselli ed è il figlio di una lontana cugina di zia Maria. Ne ho parlato con papà prima che morisse, che mi ha dato la sua benedizione. Scusami Victor se non ti ho raccontato la verità, ma tu eri sempre così impegnato ad andare in giro con Lorenzo e poi papà è morto, volevo trovare il momento giusto per chiedere il tuo permesso e invitare Andrea».«Alessia, sono mesi che non lo vedi, come fai a essere sicura che lui sia il vero amore? I matrimoni si fanno solo per interesse, guarda me, sono promesso a Rosa ma ciò che conta è il buon nome della famiglia; Lorenzo è un buon partito e il mio miglior amico.»«Victor, un giorno incontrerai una donna che ti ruberà l'anima e la vorrai possedere in eterno. Ad ogni modo, Andrea mi scrive tutti i giorni e tu non puoi obbligarmi a non sposarlo.»Infuriato, andò via sbattendo la porta. Il giorno seguente mi disse che aveva trascorso la notte sulla tomba dei nostri genitori e si era ricordato del loro amore e di come papà ci dicesse che amare col cuore era giusto. Mi diede la sua benedizione e nel pomeriggio sarebbe andato da Lorenzo. Seppi in seguito che tra lui e Lorenzo si scatenò una rissa e col tempo i loro rapporti divennero freddi e pericolosi; tante volte aveva minacciato di uccidere Victor e Andrea. «Col tempo Victor imparò a conoscere Andrea e fu felice della mia scelta».

Si diressero in biblioteca, dove le aspettava Andrea.

«Andrea, questa è la contessina Sara.»

«È un piacere e sarei lieta se mi chiamasse soltanto Sara.»

«D'accordo, anche tu puoi chiamarmi Andrea. Alessia aveva ragione, sei molto bella.»

Sara non ascoltava quasi più le parole di Andrea perché era stata catturata dalla biblioteca con scaffali altissimi. Si allontanò da Andrea e Alessia che la guardavano divertiti nel vederla incantata dai tanti libri. Victor le aveva fatto visitare quasi tutto il palazzo ma non quella stanza, la più bella di tutte.

«Alessia guarda, questo libro dicono sia bellissimo e quest'altro non si trova più nelle biblioteche.»

Sara, come per incanto, si allontanò da quel mondo per immergersi in quello del libro che raccontava storie di folletti, fate e magia.

Andrea fece segno ad Alessia di lasciarla sola: «Credo che Sara resterà chiusa nella biblioteca per molto tempo».

Ordinarono ai servi di chiamarla per il pranzo. Sara, rimase chiusa nel suo mondo per tutta la mattina, dimenticandosi di tutto e di tutti. Il tempo passò velocemente senza rendersene conto finché la domestica la ricondusse alla realtà.

Fu accompagnata nella sala grande dove, c'erano tutti, mancava solo lei. Sentì un tonfo al cuore. Dalla notte precedente non aveva più pensato a Victor e il suo battito accelerò all'improvviso al solo pensiero che lui la potesse guardare. Camminava con lo sguardo basso.

«Allora Sara, sei tornata fra noi?» le chiese Andrea sorridente.

Sara alzò lo sguardo e tirò un sospiro di sollievo vedendo la sedia vuota di Victor.

Alessia, come se avesse letto i suoi pensieri, le disse: «Non aver paura, oggi non vedrai mio fratello perché è andato alla tenuta per controllare il raccolto. Tranquilla, non è un orco».

Sara le sorrise, sapeva che Victor era dolce come un agnellino; tornò con la mente alla sera precedente e arrossì sperando che nessuno la notasse.

Durante il pranzo ascoltava i loro discorsi, guardava il loro modo di essere, di usare le posate, di bere il vino o di pulirsi. Immaginò i suoi amici al posto dei nobili e pensò a come sarebbero stati divertenti. Sorrise tra sé e provò nostalgia per il suo tempo. A pranzo non aveva quasi toccato cibo e aveva paura di far brutta figura. Nel pomeriggio si rifugiò in biblioteca, ma prima entrò di nascosto in cucina per rubare frutta, pane e acqua. Mangiò con avidità e ripensò a tutte le volte che aveva fatto storie con la sua mamma per il minestrone, adesso lo avrebbe mangiato volentieri. Sentì un nodo alla gola immaginando i suoi genitori preoccupati e le scivolarono alcune lacrime giù per il viso. Scacciò via i pensieri e si concentrò sui libri.

A cena mangiò poco e rimase delusa, Victor non era rientrato. Solo in seguito ascoltando Rosa scoprì che era chiuso nel suo studio. Con la scusa di sentirsi stanca, rientrò nella sua stanza.

In camera era nervosa, voleva vederlo, abbracciarlo, stare con lui, ardeva dal desiderio di possederlo e non le importava se fosse una follia. Uscì di nascosto sperando di non essere vista e si diresse verso lo studio di Victor. Appoggiò la mano sulla porta immaginandolo sulla poltrona a contemplare il suo ritratto. Il pensiero di lui, solo e triste le fece cadere la candela la raccolse in fretta prima che lui uscisse.

«Chi c'è qui fuori. Fatevi vedere.»

Sara nascosta nell'ombra sperava che lui rientrasse. Non sarebbe stata capace di rifiutarlo se solo l'avesse sfiorata con un dito. Avvertì un brivido di piacere salirle lungo il corpo, per poi sentirsi bagnata nelle parti intime come se lui la stesse toccando. Lei si era avvicinata al suo nascondiglio e sentiva il calore del suo respiro come se le sue labbra sfiorassero le sue. Il cuore le ordinava di uscire e abbracciarlo, baciarlo e dirgli: "Prendimi, sono tua".

Chiuse gli occhi cercando di immaginare Bruno che l'aspettava. Sentì una voce.

«Victor?»

«Andrea, sei tu.»

«Alessia mi ha raccontato di Lorenzo e di come Sara ti abbia fermato.»

«Già, Sara.»

«Non prendertela. Lo so che è una donna molto bella, ma rimane pur sempre una donna. L'ha fatto per il tuo bene.»

Ci fu un momento di silenzio e Sara avrebbe avuto voglia di uscire dal suo nascondiglio e dire due parole a quel tipo sulle donne del futuro, sui diritti dell'uguaglianza e sulla parità dei sessi, ma si morse la lingua.

«Vedi Andrea, lei è diversa e io credo di amarla. È folle vero, la conosco da soli tre giorni.»

«No, all'amore e al cuore non si comanda, però ricordati che hai un contratto di matrimonio e devi rispettarlo.»

«Lo so, per te e Alessia è stato diverso. Ho rinunciato alla mia amicizia con Lorenzo per rendere felice mia sorella e sono soddisfatto della mia scelta. Anche se Lorenzo mi fa paura, ho messo degli uomini di guardia.»

«Anch'io ho paura, ti giuro che la proteggerò a costo della mia vita.»

«Non parliamo di queste cose qui fuori, entriamo nel mio studio che desidero mostrarti il mio dipinto.»

I due uomini si allontanarono, Sara uscì dal suo nascondiglio con gli occhi gonfi di lacrime per il sacrificio di Victor.

Era molto tardi ma non riusciva a dormire; la notte era piacevolmente calda e l'aria era pervasa dagli odori terribili del mosto appena macinati dai contadini nel vigneto.

Prese una decisione; doveva scrivergli una lettera con spiegazioni, ma soprattutto doveva andare da lui. Tutto è già scritto ma il nostro destino è sepolto dentro ognuno di noi e lei doveva scoprirlo quella notte. Si avvolse in uno scialle e uscì.

Era davanti alla sua porta, bussò piano sperando che fosse sveglio. Non sentiva nessun rumore e stava per andare via quando una mano si posò sulla sua spalla facendola sobbalzare dallo spavento e chiuse gli occhi. Victor la chiamava dolcemente e lei lo strinse forte. Lui la prese tra le sue braccia e la condusse nella sua camera.

La posò dolcemente sul letto e lo abbracciò forte, aveva paura che scappasse via. Si udivano solo i loro respiri nell'aria. Sara tremava, lui le prese il viso tra le mani, con le labbra le asciugò il volto e le disse di non aver paura.

Per la prima volta Sara era con un uomo, aveva paura e allo stesso tempo era felice, lo amava e voleva restare con lui.

All'alba rientrò nella sua camera lasciandolo dormire. Si mise allo scrittoio e scrisse la lettera d'addio per Victor.

Finalmente dopo tanto pocciare, finalmente una lettera decente, che borsa ma come fanno a scrivere col calami e penne, voglio una biro....

Rilesse la lettera.

Caro Victor,quando leggerai la mia lettera sarò lontana.

Sono stata felice con te. Ti ho amato e sono felice. L'altra sera ti ho udito parlare con Andrea, so del tuo contratto di matrimonio ed è orribile. Non comprendo come si possa sposare una donna o un uomo senza amarlo. Io provo molto amore per te ma non posso sposarti perché io vengo dal futuro. È stato lo spirito di Alessia che mi ha condotto da voi per scoprire dov'è seppellito il suo corpo, solo così lei potrà riposare in pace col suo Andrea. Ti giuro che nel futuro ti amerò. Ti chiamerai Bruno e sarai l'uomo della mia vita. Noi due saremo felici e ci sposeremo. Spero che il mio ricordo vivrà per sempre nel tuo cuore come il tuo vivrà sempre in me.

Ci rivedremo nel 1989.

Con amore
9/09/1789
Sara Simeone

Nella sua mente rideva. Quella notte d'amore trascorsa con Victor era stata la sua "prima volta". Sentiva ancora il calore del suo corpo e la penetrazione che dal dolore iniziale si era trasformata in piacere; le sue mani esperte gli sfioravano i capezzoli e aveva brividi su tutto il corpo, si sentiva bagnata e insieme raggiunsero l'estasi totale. Era felice, era diventata donna e soprattutto aveva lasciato libero quel desiderio, che aveva sempre rinchiuso in fondo al cuore;

adesso che era sbocciato come una rosa con tutte le sue spine non voleva più negarsi quel piacere.

Aveva sempre pensato di sposarsi col vestito bianco e di concedersi vergine al suo Bruno. Saltò giù dal letto nervosa, di colpo si rese conto che il suo Bruno non era Victor; si chiedeva se l'amore per Victor avesse fatto scomparire quello per Bruno. Lei aveva sempre desiderato una famiglia dal suo amore, ma adesso chi era l'uomo che amava? D'istinto si portò le mani sul grembo. Se fosse nato un bimbo come l'avrebbe spiegato a suo padre? Scacciò via quei pensieri e cercò di dormire. Nei suoi sogni rivide i volti di Victor, Alessia e quello furioso di Lorenzo che uccideva Alessia.

Non voleva che lei morisse e si promise che l'avrebbe impedito.

QUARTO GIORNO

Come ogni mattina, fu svegliata dalla domestica e si chiese perché non le aveva mai chiesto il suo nome.

«Come ti chiami?»

«Angela, contessina.»

«Angela è un nome molto bello, da dove vieni?»

«Io sono nata a Napoli. I miei genitori non riuscivano a pagare le tasse ed io sono dovuta partire lontano dal mio mare e dal mio sole. Mi scusi contessina.»

«Non aver paura, se vuoi, puoi raccontarmi la tua storia.»

«Io non vedo la mia famiglia ormai da un anno e sento nostalgia di loro. Quando vivevo con la zia della contessina, c'era mio cugino che mi portava notizie della mia famiglia, io non so scrivere e non posso inviare mie notizie.»

«Se non ti offendi Angela, posso scrivere io per te. Chiederò al signor conte di consegnare la lettera ai tuoi genitori.»

Angela iniziò a dettare parole dolci e piene d'amore e di nostalgia, ogni tanto si soffermava ad asciugarsi le lacrime.

Raccontava ai suoi genitori che il garzone le aveva chiesto di sposarla e lei aveva accettato. Fra un mese esatto si sarebbe sposata, stava bene e tutti le volevano bene. Gli inviava un forte abbraccio e li ricordava sempre nelle sue preghiere.

Sara chiuse la lettera e la mise vicino a quella di Victor nella quale, aggiunse altre due righe; poi chiese a Victor di consegnare la lettera ai genitori di Angela.

Come ogni mattina fece colazione con Alessia e Andrea, che ridevano e scherzavano sul matrimonio; Sara decise di lasciarli soli perché voleva visitare i luoghi della sua infanzia e uscì senza farsi vedere.

Camminava felice. I gradini che conducevano in via Madonna delle Grazie erano più scomodi di quanto ricordasse, forse a causa delle sue scarpe. I luoghi della sua infanzia erano selvatici e quasi non riusciva a camminare. Quella natura così affascinante la stava conducendo a casa di sua nonna.

Finalmente intravide la chiesetta di sua nonna.

Mentre camminava fiera di aver raggiunto la sua meta, udì alle sue spalle un cavallo che galoppava velocemente.

Sentì sollevarsi come un sacco di farina da due mani forti che la depositavano sul cavallo a testa in giù.

«Fammi scendere. Brutto bestione.»

Udì una risata familiare, il cavallo si fermò e Victor la fece scendere proprio di fronte alla chiesa della Madonna delle Grazie.

«Stupido, mi hai fatto prendere un colpo, che diavolo ti prende.»

«Sara, ma come parli? Comunque è pericoloso andare in giro da sola, ma come al solito tu fai sempre di testa tua; per fortuna che il cocchiere ti ha visto e io ti ho seguita. Ti poteva capitare qualunque cosa, sei una donna, non scordarlo.»

«Basta, io sono capace di difendermi e parlo come mi pare.»
Victor scoppiò a ridere e Sara dietro di lui.

«Guarda Victor, è la chiesa della Madonna delle Grazie, io amo questi luoghi. Ora ti racconterò la sua storia. L'edificio e le due chiese sono state costruite il 14 maggio 1499 e ogni anno si festeggia per ricordare la nascita. L'edificio fu offerto ai frati Minori di San Francesco di Paola a patto che loro si fossero dedicati, all'istruzione del popolo. Nel 1777, i Gaetani ne tornarono in possesso per una clausola inserita nello strumento. Vedi, non solo tu ami la storia.»

Victor la guardava divertito, la sollevò tra le sue braccia e la baciò con ardore.

«Sara, lo sai che sei una strana, nessuna donna è come te.»

«Vedi mio caro, dove vivo io tutte le donne sono come me.»

«Poveri uomini...»

«Victor, chi abita qui?»

«Mio cugino Maurizio. A dire la verità è partito un anno fa e non ho mai compreso bene perché. Non ha mai scritto, abbiamo saputo da Francesco il suo custode, che vive a Caserta, vicino alla Reggia; forse era stanco di noi poveri nobili e ha preferito la nobiltà ricca. Forza, è ora di ritornare a casa.».

La fece salire sul cavallo e saltò dietro di lei. Lo strinse forte e lui la teneva stretta a sé. Non la condusse subito a casa e si soffermò per strada. C'era una piccola casa, la fece scendere e la condusse per mano all'interno.

«Sara, ogni volta che voglio fuggire dal mio mondo, mi rifugio qui.»

All'interno della casa c'era un letto, un piccolo cammino e tanti quadri uno più bello dell'altra.

Victor si avvicinò e prese tra le mani il suo viso. Le sue mani emanavano un odore sensuale, Sara chiuse gli occhi e le sue labbra si posarono dolcemente sulle sue. Dolcemente le baciava, le assaporava e le gustava come una fragola finché lei non aprì la bocca permettendo l'ingresso della lingua. Le sue mani abili le scendevano lungo la schiena e lungo i fianchi, le sciolse i capelli lasciandoli cadere come una cascata sulle spalle; gli piaceva affondare le sue dita fra i suoi capelli setosi, lo eccitava. Lentamente le slacciò il vestito e lo lasciò cadere sul vecchio pavimento. Sara era immobile con la sua biancheria intima. D'istinto, Victor cadde ai suoi piedi e iniziò a respirare attraverso la sua biancheria, Sara indietreggiò come se avesse preso la scossa.

Victor la depositò abilmente sul letto togliendole anche la sua biancheria; era nuda alla luce del giorno, si sentiva imbarazzata anche se era già stata sua.

Lui esplorava le sue gambe e si avventurò su per le cosce fino a raggiungere la sua meta. D'improvviso iniziò a baciarla, finché la sua bocca non invase l'interno coscia, e la sua lingua sfiorò il luogo più nascosto della sua intimità.

Sara indietreggiò e sbarrò gli occhi dalla sorpresa.
«Sara, non aver paura, è normale.»
Per non farla sentire in imbarazzo, le si avvicinò e dolcemente la trascino a sé, abbassò la sua bocca e la strinse forte a sé, baciò la sua pelle soffice e profumata fino ad arrivare ai suoi seni, facendola gemere di piacere.«Sara, ti amo».

Voleva dirle quelle parole prima di possederla, per lui era importante che lei sapesse. Sara non gli rispose con le parole, ma con gli occhi. La sua mano gli accarezzò il viso affettuosamente, lui la trascinò verso le labbra e la baciò. Victor sentì un brivido di piacere, la guardò e le diede un bacio umido e carnale; lei era pronta, le sue mani lo attrassero verso di lei. Victor era incapace di reprimere il suo desiderio, le aprì le ginocchia e si mise sopra di lei. La penetrò con dolcezza tenendola stretta a sé e si spinse in profondità. Doveva controllarsi, ormai era in estasi. Sara socchiuse gli occhi; era diverso dalla sera precedente, aveva un ritmo diverso e ogni volta che affondava dentro di lei le imprimeva un dolore piacevole al punto da inarcarsi verso di lui e stringerlo dentro di sé. Ormai erano persi in una marea di sensazioni finché i loro movimenti divennero sempre più armoniosi finché un'enorme ondata di piacere li investì; si abbracciarono e lasciarono che quell'istante di piacere sfiorisse in uno sfogo violento, lasciando dentro di loro una sensazione di pace.

Stavolta non scappò via e rimasero abbracciati sul letto senza dire una parola.

«Non so dirti perché Sara ma è stato diverso, non ero mai riuscito a provare nulla con le ...»

«Le altre, Victor? Non aver paura di dirlo, comprendo benissimo, tu sei stato il primo per me ed è stato bello.»

«Ti ho deluso?»

«No, è solo che non è facile per me descrivere ciò che provo, ho tanti pensieri che mi passano per la testa. Penso che sia una follia, fra qualche giorno andrò e tu...»

«Io mi devo sposare con Rosa per contratto.»

La magia di quelle ore sparì in un istante. Tutt'e due si alzarono senza dire una parola, si vestirono e uscirono da quella casetta con l'amaro nel cuore. Salirono sul cavallo, Sara era stretta al suo Victor e non voleva lasciarlo andare.

Una volta arrivati, Victor lasciò Sara senza dirle una parola e lei con gli occhi lucidi corse verso la sua camera col cuore gonfio di dolore.

La cameriera bussò per il pranzo, Sara disse che non si sentiva bene e di scusarsi con i conti per la sua assenza. I giorni stavano trascorrendo veloci e lei non era riuscita a scoprire nulla; le aveva promesso di aiutarla ma stava tradendo la sua fiducia, i suoi genitori stavano soffrendo a causa sua e lei cosa stava combinando?

"Sara, sei una stupida, ti rendi conto che ti stai innamorando di un uomo che fra tre giorni non esisterà più?" pensò.

Doveva chiedere informazioni e scoprire se l'ombra vista in giardino era stata frutto di un suo sogno o era reale, e soprattutto doveva dimenticare Victor.

Il mattino seguente si alzò di buon'ora e decise che non avrebbe fatto colazione con gli ospiti del palazzo. Scelse un vestito semplice di colore grigio chiaro che metteva in risalto il vedo/non vedo di un seno provocante. Aveva bisogno di scarpe comode. Finalmente il suo sguardo fu colpito da un paio di scarpette di epoca preistorica, le indossò e pregò Dio che fossero anche comode.

Scese in cucina e infilò nella sua specie di borsetta tutto il cibo che poteva nascondere, non aveva bisogno di acqua perché il suo paese adorato, era il paese delle fontane.

Scivolò silenziosamente fuori dal palazzo senza farsi notare dalla servitù e ripercorse il sentiero che aveva compiuto il giorno prima verso casa di sua nonna per poi andare in direzione di via Elci.

Le scarpe non erano per nulla comode, era sicura che quella sera sarebbe stata piena, di vesciche.

La servitù aveva preparato il banchetto della colazione, erano scesi tutti e Victor iniziava a essere nervoso. Si chiedeva perché Sara tardasse, forse stava male a causa sua; non riusciva a tranquillizzarsi e pensava solo a vederla e a starle vicino.

«Alessia, ma dove diavolo è Sara, non è cortese farci aspettare!»

«Victor, stai calmo adesso, chiediamo ad Angela il perché del suo ritardo; ieri sera non stava bene e forse è ancora indisposta.»

«Angela, dov'è la contessina Sara?»

«Stamattina non era in camera, non so, dove, sia andata.»

«Cosa diavolo le passa per la testa a quella dannata ragazza, non riesce a non stare lontano dai guai, stavolta la strozzo.»

Victor scaraventò un pugno sul tavolo non solo per la rabbia, ma anche perché una ragazza bella come lei avrebbe attirato l'attenzione di persone poco raccomandabili.

«Victor, stai calmo, adesso chiederemo alla servitù.»

«Non posso restare calmo!, quella dannata ragazza non capisce che può essere pericoloso andare in giro da sola!»

«Alessia, Victor ha perfettamente ragione. Sara è proprio una bambina testarda.»

«Andrea, non aizzarlo ancora di più, ti prego.»
Dopo venti minuti, Angela ritornò con qualche notizia.

«Contessa, Giovanni ha visto andare la contessina verso San Giovanni circa un'ora fa.«Io so dov'è andata quella dannata ragazza.»

«Victor, modera il linguaggio.»
Prima che Alessia terminasse la sua frase, Victor era già uscito come una furia in direzione della stalla.

Sara era arrivata sotto casa di sua nonna e intendeva vederla. Doveva almeno guardare il giardino prima di proseguire per la casa di Lorenzo. Salì lentamente i gradini che conducevano al vialetto, oltrepassò il cancello e dinanzi ai suoi occhi vide un viale bellissimo con tanti fiori curati; era quasi arrivata in direzione della casa, quando si accorse di essere spiata. Alzando lo sguardo, i suoi occhi s'incrociarono con due occhi grigi glaciali; era nascosto nell'ombra e non riusciva a vedere il suo volto, il suo battito accelerava mentre si avvicinava col cuore in gola alla casa. L'uomo, senza perdere la sua penombra la guardava come un cacciatore guarda la sua preda; pronto ad azzannarla al minimo movimento brusco. Tirò dritto, lanciò un'occhiata alle sue spalle ed emise un sospiro nel vedere che non c'era nessuno.

Voleva vedere il suo volto e doveva sapere chi era e perché quella notte era nei giardini del palazzo, ma una voce forte e possente urlò alle sue spalle. Sara si voltò e vide un uomo grande e grosso che si avvicinava con aria minacciosa. D'istinto alzò lo sguardo per vedere meglio il volto dell'uomo nascosto nell'ombra, ma era svanito come per magia. Decise che la cosa migliore da fare era quella di scappare e corse via senza mai voltarsi indietro finché non ebbe più fiato. Attraversò il ponte e si voltò lentamente col cuore pieno di terrore. Per fortuna l'omaccione aveva deciso solo di spaventarla e c'era riuscito benissimo.

Guardò ancora una volta quella casa e vide in una delle finestre quegli occhi gelidi; era troppo lontano per vedere il suo volto, ma era di certo la stessa persona che aveva notato nel giardino l'altra notte. Sentiva i suoi occhi gelidi che la fissavano silenziosi e impenetrabili, provò terrore e decise che per tornare al palazzo avrebbe percorso un'altra strada.

Era arrivata al vallone ma non c'era la casa della signorina Gregorio, né quella dei tanti personaggi del vallone; c'era invece tanto verde e in lontananza si vedeva il lavatoio del Torano dove, una volta con sua mamma erano andate a lavare le coperte e si erano tanto divertite. Sentì una fitta al cuore al pensiero di sua mamma, guardava con nostalgia quei luoghi tanto familiari e conosciuti senza rendersi conto delle lacrime che le scendevano sul volto come una cascata in piena attività.

Victor era arrivato vicino alla chiesetta e scese da cavallo. Si diresse verso il piccolo giardino di suo cugino ma non vide traccia di lei. Era furioso, aveva paura di perderla per sempre e il suo cuore non voleva accettarlo; doveva trovarla.

Arrivato al cancello di suo cugino, chiamò: «Francesco!».

Subito non ebbe risposta e si addentrò nel viale.

Continuò a chiamarlo finché una voce nascosta nella penombra gli rispose.

«Chi mi chiama?»

«Francesco, sono io.»

«Mi scusi signor conte, non l'avevo riconosciuta, non volevo essere sgarbato; poco fa c'era una ragazza che nel vedermi si è spaventata ed è scappata via come se avesse visto un fantasma.»

«Sara! Dov'è andata?»

«In quella direzione.»

«Grazie Francesco, il conte Maurizio è rientrato?»
Prima di rispondere, l'uomo si voltò in direzione dell'oscurità e si asciugò la fronte.
Victor non si rese conto dell'agitazione dell'uomo perché era troppo preoccupato per Sara.

«No signore, ora devo andare.»

«Torna al lavoro, so quanto Maurizio è severo.»
Sara camminava senza quasi riconoscere quei luoghi; era tutto diverso. Non c'era vita in quei luoghi. Solo un luogo non era cambiato, il convento di fronte a casa sua.
Entrò nella chiesa; i quadri erano più belli di quanto ricordasse e il bambino in braccio a sua madre la rassicurò come ogni volta che la sua tensione la tradiva.

Seduta ai banchi si poneva tante domande, ma soprattutto si chiedeva di chi fossero quegli occhi.

Uscì dalla chiesa in direzione della chiesa A.G.P.

Una cosa non era cambiata in tutti quegli anni: gli uomini seduti sui suoi gradini. Il loro sguardo era ancora più disgustoso degli uomini che sedevano a due secoli di distanza.

"Bene" si disse "se sono riuscita a tener testa a quell'ignorante quando ha preso in giro Marcellino..." Già, Marcellino, con le sue tasche sempre piene di lucido da scarpe e la sua giacchetta che gli pendeva a causa della sua gobba.

Una voce la ricondusse al presente: «Guardate che nobildonna, tutta sola...».

Ci fu un gran mormorio.

Sara camminava senza voltarsi e questo fece infuriare quell'uomo che si avvicinò prendendola per un braccio.

«La signora non ci degna di uno sguardo.»

«Mi lasci andare subito.»

L'uomo sorrise con malizia e strinse il braccio di Sara ancora più forte.

«Le ho detto di lasciarmi subito.»

«La donna ha coraggio. Sai, a me e ai miei amici piacerebbe farti compagnia, tesoro.»

Mentre con una mano la teneva stretta, con l'altra le strappò via le perle che chiudevano la sua camicia. Le perle caddero a terra una dopo l'altra e lei ebbe la sensazione che le perle si trasformassero nelle sue lacrime liberatorie che faticava a tener dentro di lei.

Sara era pietrificata e avrebbe voluto che Victor fosse lì con lei, ma era sola e non poteva permettere a quel porco di toccarla ancora, aveva disgusto. Fece un profondo respiro e morse il braccio dell'uomo che la lasciò di colpo permettendole di scappare. Corse verso via Elci.

L'uomo urlava come un indemoniato: «Lurida sgualdrina, ora ti dimostro come si doma una puledra selvatica come te».

Sara correva come non mai, ma quei maledetti abiti non le permettevano di andare tanto lontano. I piedi le facevano male e stavolta era davvero nei guai e senza aiuto.

Inciampò e cadde. L'uomo la raggiunse e i suoi occhi sembravano di fuoco. Sentiva il sangue caldo scendere giù dalle sue gambe, il cuore le pulsava forte e la paura aumentava; si sentiva come un uccellino in gabbia. La trascinò senza curarsi delle sue ferite. Sara era traumatizzata da tanta brutalità. Aveva paura e sapeva che per lei quell'avventura sarebbe finita male. Cercò di prendere fiato e di tranquillizzare il suo cuore.

«La prego signore mi lasci andare, la pagherò.»

«Troppo tardi dolcezza, mi hai provocato e adesso ti meriti un castigo. Nessuna donna può trattarmi come hai fatto tu.»

«Ora basta mi lasci, lei non è un uomo, è una bestia furiosa senza cervello.»

«Taci, sgualdrina.»

Sara avvertì un tuono nella testa e senza comprendere cosa l'avesse colpita cadde a terra quasi priva di sensi, ma sentì un frastuono e intravide un cavallo.

Le sembrava di assistere a un film ricopiato male dove le immagini erano tutte sfocate e si udivano solo urla piene di rabbia, poi il nero assoluto la, avvolse tra le sue braccia.

Si risvegliò nel suo letto sotto le cure amorevoli di Alessia: «Victor, Andrea, si sta risvegliando».

Sara non capiva se avesse sognato o stava ancora sognando. La voce piena di rabbia di Victor le fece comprendere che era sveglia.

«Cosa diavolo volevi fare, non ho mai conosciuto una donna più testarda di te! Se fossi arrivato, solo cinque minuti più tardi, solo Dio può sapere cosa ti avrebbero fatto quegli uomini».

«Calmo Victor, Sara ha bisogno di riposare.»

Sara non osava dire una parola e sapeva che lui aveva ragione, ma doveva provare a far qualcosa per aiutare Alessia.

Era sempre tanto gentile con lei e anche adesso anziché sgridarla, l'aveva salvata dalla furia di Victor.

«Lasciamola riposare».

Alessia, prima di trascinare Victor fuori, la baciò dolcemente sulla fronte. Mentre uscivano, incrociò lo sguardo di Victor pieno di rabbia e dopo qualche minuto la porta si aprì ed entrò Victor con i muscoli del viso tirati a tal punto che sembravano doversi spezzare da un momento all'altro.

Sara lo guardò e non riusciva a dire nulla; era ancora terrorizzata dal pericolo appena scampato e soprattutto le rimbombavano nella testa le parole di Victor...

Le lacrime gli scivolavano dal viso senza che lei potesse impedirlo.

Victor cambiò espressione; i suoi occhi erano pieni di paura, le si avvicinò. La strinse così forte che non riusciva a respirare: «Ho avuto tanta paura, pensavo di averti persa per sempre. Io non posso vivere senza di te, Sara».

Sara non parlava, era stretta fra le sue braccia sana e salva. Qualcosa le cadde sul viso, aprì gli occhi e vide Victor che piangeva. Non disse una parola e lo strinse ancora più forte.

Restarono abbracciati a lungo senza dire una parola.

Lui le accarezzava il viso dolcemente e le asciugava le ultime lacrime con la sua bocca.

«Perché Sara?»

«Io volevo solo...»

Non poteva raccontargli tutto, non avrebbe capito.

La testa le faceva male e voleva solo chiudere gli occhi senza dare spiegazioni. Lui comprese e la lasciò sola.

Dormì tutta la mattina e metà del pomeriggio. Il giorno seguente ci sarebbe stato il matrimonio e lei non era riuscita a far nulla. Doveva riordinare le idee e non poteva permettere che qualcuno potesse, fare del male ad Alessia.

Angela le portò una tazza di brodo caldo e lei lo mangiò con avarizia.

La domestica la, aiutò a prepararsi per la notte e le augurò di dormire bene perché il mattino seguente bisognava alzarsi presto per il matrimonio. Sara si addormentò, sognò ancora quegli occhi gelidi che la trafiggevano e urlò dallo spavento. Una mano calda le toccava il viso dolcemente, lei si ritrasse:«Sara è un incubo, sono io, Victor». Aprì gli occhi e lo riconobbe. Lo abbracciò forte senza parlare.

«Victor, ieri quando ho visitato di nascosto la casa di mia no... scusa, di tuo cugino Maurizio, ho visto nell'ombra due occhi gelidi che mi hanno spaventato. E ora ho sognato quegli occhi orribili.»

«Forse hai solo visto il cane di Francesco e ti sei spaventata.»

«Forse, ma non mi sembrava un cane e poi non ha abbaiato.»

«Sara, la paura provoca delle allucinazioni.»

«Victor, io quegli occhi li ho...»
Victor le tappò la bocca con un bacio caldo.«Ora cerca di dormire, resterò qui con te.»
Sara ubbidì e dormì abbracciata al suo amore; ogni tanto apriva gli occhi e lui le sorrideva, poi cadde in un sonno liberatorio.

SESTO GIORNO

«Contessina, si svegli! Contessina!»

Sara aprì gli occhi e fu delusa di non trovare Victor; Angela intanto le stava preparando l'abito per il matrimonio.

Come ogni mattina Angela l' aiutò col bagno, le raccolse i capelli in alto e le lasciò cadere qualche ciocca ribelle sul viso. La truccò con colori chiari e delicati che illuminavano il suo viso. Scelse un rosso vivo per le sue labbra.

Angela aiutò Sara, a indossare quel maledetto busto in cui non riusciva a respirare; era una tortura, i piedi le dolevano dal giorno prima e il suo ginocchio era tutto ammaccato. Sorrise al pensiero della sua amata nonna che le mancava da morire; avrebbe tanto voluto abbracciarla e raccontarle tutta la sua avventura, era certo che al suo ritorno le avrebbe creduto. Fu invasa dalla nostalgia di casa ma non poteva piangere, doveva essere lucida e attenta al minimo dettaglio sospetto.

Angela scelse un vestito di colore rosa antico, con pizzo e merletti che le fasciava dolcemente il corpo senza mettere in mostra tutte le sue curve perfette. Il suo decolté era vertiginoso e per attirare di più l'attenzione Angela le mise al collo una collana di pietre preziose; l'ultima goccia s'incastrava nel centro del suo seno.

Scelse un paio di scarpette rosa con merletti.

«Angela, sarà una tortura indossarle.»

«Si fidi contessina, non si accorgerà di averle.»

Nell'alzarsi Sara aveva creduto di vedere la prima stella del mattino ma non fu così; erano brutte ma comode, baciò Angela e lei sorrise.

«Contessina, ora guardi com'è bella. Manca solo un ultimo tocco di profumo».

Sara era senza parole, si voltò e le sorrise.

Entrò nella sala grande dove, c'erano già gli ospiti per il matrimonio. Al suo passaggio le persone si voltavano.

Victor seguì gli sguardi e la vide.

Era bellissima nel suo abito color rosa.

Il suo interlocutore gli parlava ma lui non ascoltava una sola parola; si scusò con i suoi ospiti e le andò incontro. Le baciò la mano e le chiese di seguirlo in giardino; uscirono sotto lo sguardo incuriosito degli ospiti e di Rosa. Lei li guardava allontanarsi e pensò che il suo Victor si volesse scusare, con Sara per il suo comportamento indecoroso di qualche giorno prima.

Lontano dagli sguardi dei curiosi, Victor le disse: «Sara, io non voglio che tu parta. Io ti amo e ho deciso di rompere il mio fidanzamento con Rosa. Vorrei che tu mi sposassi».

«Victor...»

«Non dire nulla, Alessia e Andrea conoscono le mie intenzioni e ci concedono la loro benedizione. Ti prego, dimmi di sì. So che tu mi ami.»

«Io provo amore per te ma...»

«Non terminare la frase, ti aspetterò stanotte nel mio studio.»

Poi la baciò e rientrò in casa lasciandola sola in giardino a riflettere. Sara allora decise che durante il banchetto, approfittando della confusione, avrebbe messo la lettera nello studio.

La chiesa di Santa Maria Maggiore era bellissima e piena di fiori. Andrea era agitato.

L'organo iniziò a suonare un dolce Ave Maria, Victor accompagnò Alessia sull'altare, orgoglioso di lei.

Alessia era bellissima; il suo abito era di seta pura con perle e ricami intrecciati, il soffice velo le copriva il viso emozionato.

Victor la consegnò ad Andrea con un bacio di benedizione per gli sposi.

Andrea le alzò il velo, che cadde sulle sue spalle come un candido tappeto di neve che ricopre la terra nelle gelide giornate d'inverno lasciando un non so che di magico.

Tutto sembrava perfetto.

Sara e Victor si guardavano emozionati.

Di tanto in tanto Victor faceva segno ai suoi uomini per capire se Lorenzo fosse in giro. Per fortuna non si vedeva e tutto andò bene finché Sara non sentì su di lei uno sguardo che le provocò brividi di terrore. Lentamente si voltò nella direzione dell'uomo che la fissava; era basso, brutto e col viso pieno di bozzi. Era disgustoso. Come se l'uomo avesse letto quella frase nei suoi occhi, si voltò e per tutta la funzione non la guardò più.

Il banchetto nuziale durò tutto il giorno; ci furono balli, giochi, stornelli, canzoni, tanto cibo e per finire arrivò una cantastorie.

Alessia si avvicinò a Sara con quell'uomo grasso, brutto e vestito come un carciofo.

«Sara, ti presento mio cugino Maurizio.»

«Contessina è un vero piacere, lei è bellissima.»

«Signor Conte.»

L'uomo si congedò comprendendo il disgusto di Sara. Lei rabbrividì perché quegli occhi le avevano lasciato una sensazione gelida, quasi glaciale.

Alessia si voltò verso Sara:

«Ho parlato con Victor; anche se mi dispiace per Rosa, io voglio la felicità di mio fratello».

«Alessia, ma...»

«Tu ami Victor, lo capisco da come lo guardi. Ora ti devo lasciare, mio marito mi cerca.» Le diede un bacio.

Victor afferò, Sara per un braccio e la trascinò in quei balli ridicoli che lei non conosceva, le sembrava di essere stupida perché era troppo abituata ai lenti e al rock. Lui rideva felice.

«È il colmo che una contessa, che non sappia ballare, prima che ti sposi sarà meglio che ti insegni a ballare così al nostro matrimonio non mi farai sfigurare.»

La condusse in un angolo della sala e si concesse baciandole la mano. Sara lo guardava nel suo vestito di merletti e calzettoni da zampognaro; non era ridicolo, anzi le dava un certo non so che di affascinante. Si rese conto di amarlo più di Bruno. Come avrebbe fatto a vivere senza di lui!Pensava a una soluzione eppure non sembrava esserci rimedio; lei non poteva vivere in quel luogo e lui non poteva vivere nel futuro.

Fu una giornata bellissima. Nel tardo pomeriggio Alessia si congedò dagli ospiti per prepararsi alla sua prima notte. Fu accompagnata dalla domestica.

Sara, approfittando del frastuono per i festeggiamenti, era andata nello studio. Posando le lettere vide il suo ritratto semicoperto e lo sbirciò. Victor aveva iniziato a colorare i suoi occhi e i suoi capelli le sembrò, davvero che le avesse rubato l'anima. Agganciò le lettere vicino alla tela e si diresse verso la camera. Vide Alessia che attraversava il corridoio e decise di seguirla senza farsi notare.

D'improvviso, Lorenzo comparve dal suo nascondiglio.

«Alessia.»

«Lorenzo va via ti prego. Ricordati della nostra vecchia amicizia, fallo per Victor.»

«Come puoi parlarmi così. Io ti amo.»

«Ti prego, lasciami.»

Sara corse nella sala, prese per un braccio Victor e lo avvertì che Lorenzo era nel corridoio. Victor raggiunse Alessia seguito da Sara e urlò: «Ti uccido se non la lasci».

Lui si volta verso Victor; non aveva più uno sguardo violento, era triste e malinconico. I suoi occhi si riempirono di lacrime e iniziò a piangere. Lasciò Alessia che corse verso il fratello.

«Come puoi solo pensare che io le possa fare del male? Io amo Alessia. Volevo solo vederla per l'ultima volta, ormai l'ho perduta per sempre.»

«D'accordo Lorenzo, ora ti accompagno fuori.»

Sara strinse Alessia pensando che ormai fosse salva. Victor condusse il suo vecchio amico fuori del palazzo e chiese ai suoi uomini di riportarlo a casa.

Rientrò da Alessia e Sara.
Abbracciò sua sorella.«Stai bene?».

«Certo Victor, ho parlato con lui e ho compreso il suo dolore, non aver paura perché non tornerà mai più. Adesso torna dagli ospiti. Io devo prepararmi per la notte.» Li baciò entrambi.

La videro andare verso la sua camera tranquilla e senza paura.

Victor si voltò verso Sara e la strinse tra le sue braccia.Sara sentiva il suo cuore battere forte e all'improvviso sentì il suo viso umido, si staccò da lui e lo guardò; stava piangendo.

«Victor.»

«Sara non temere, piango per Lorenzo. Piango perché lui ha compreso che non si può costringere nessuno ad amare, tienimi stretto.» Lo strinse forte e lo baciò fino a soffocarlo.
Una voce chiamava in lontananza; era Andrea che lo cercava.

«Scusate ragazzi ma dobbiamo concederci ai nostri ospiti.»

«Dammi un istante, ti raggiungo al più presto.»

«D'accordo.»

«Sara, ora devo andare dai nostri ospiti e soprattutto devo parlare di noi a Rosa. Prima di andare in camera tua controlla che Alessia stia bene, ci vediamo stanotte. Sono sicuro che ci sarai.»
La baciò con passione e scomparve. Sara per un istante ebbe la sensazione che qualcuno li stesse spiando. Poi si diresse verso la camera di Alessia.
Udì un urlo ed entrò in camera; la domestica era sul pavimento e Alessia priva di sensi era sul suo letto. Sentì un gran dolore alla testa e vide tutto buio. Si alzò con gran fatica, sperava che i suoi passi la guidassero verso la sala; le sembrava di svoltare mille angoli fino a credere di essersi persa. Poi, finalmente ebbe la certezza di aver già fatto quello stesso percorso ogni giorno, si ritrovò di fronte

all'ingresso della sala, dove c'erano Andrea e Victor gridando "Victor" e perse i sensi. Si risvegliò tra le sue braccia circondata da tante persone. Lentamente aprì gli occhi, incrociò lo sguardo di Andrea e sentì un tonfo al cuore: «Andrea, Alessia?».

Victor impallidì. Lasciò Sara di scatto e corse via con Andrea.

Sara, si alzò lentamente e si ricordò della casa sul ponte. Raccolse le forze e corse via sotto lo sguardo stupito di quei volti estranei. Corse giù per i Seponi; le sembrava un labirinto, non riusciva quasi a riconoscere le strade in quel buio e aveva paura di incontrare quell'uomo dell'altro giorno, ma doveva rischiare.

Mentre correva, sentì un cavallo alle sue spalle ed ebbe paura; chiuse gli occhi per un istante e lasciò che quell'immagine s'incidesse nella sua mente. Poi, senza osare guardare di nuovo; corse sperando che non la raggiungesse.

Una voce familiare la chiamò: «Sara, dove stai andando?».

«Io so, dove la sta conducendo.»

«Come fai a saperlo?»

«Ti prego facciamo in fretta, fidati di me.»
La prese sul suo cavallo, la coprì col mantello e la tenne stretta al suo petto.

Sapeva che il suo abbraccio sarebbe stato l'ultimo e silenziosamente disse: «Victor, ti amerò per sempre».

Lui la strinse ancora più forte e la guardò silenziosamente, lungo quella strada persa nell'oscurità della notte.

Arrivati al ponte, videro il cavallo di Lorenzo. A un paio di metri di distanza, c'era il corpo di Alessia. Victor strinse il corpo senza vita della sorella e piangeva perché non era riuscito a difenderla.

Dall'oscurità comparve un uomo che colpì Victor. Sara guardava quella figura bassa e goffa e non avrebbe mai pensato che fosse lui l'assassino, anche se avrebbe dovuto capirlo dai suoi occhi gelidi.

Prese il corpo senza vita di Alessia e trascinò Sara con lui attraverso la montagna. Durante il tragitto parlava al corpo di Alessia come se fosse in vita e potesse rispondere: « Io ti amavo, avrei fatto di tutto per te. Ti ho scongiurato, di sposarmi e di lasciarlo, ma tu mi dicevi di amarmi come un fratello».

Guardò Sara come se avesse compreso solo in quel momento che Alessia era morta. Sara aveva paura ma provava una gran pena per Maurizio e piangeva per Andrea e Alessia.Li condusse alla sua residenza di campagna. Sara conosceva molto bene quella casa e iniziava a collegare i segmenti. Era la casa di sua nonna e capì la scelta di Alessia, tutto le sembrava più chiaro. Il conte l'aveva legata a un albero e stava iniziando a scavare una buca nel vialetto di sua nonna. Vide spingere il corpo di Alessia nella buca e comprese perché aveva sempre la sensazione che in quel viale ci fosse qualcosa di strano. Prima che il conte finisse di coprire il corpo di Alessia, il suo spirito le sciolse la corda e la trascinò di nuovo nella stanza attraverso lo specchio.

Sara cercò di abbracciare Alessia invano.«Alessia mi dispiace, avrei voluto salvarti e impedire la tua morte.»

«Sara, tu mi hai già salvato. Ora corri prima che finisca questo giorno, devi tirare fuori il mio corpo altrimenti vagherò per un altro secolo alla ricerca di una nuova Sara.»

«Alessia, Andrea, Victor, Rosa, Lorenzo e Maurizio che fine hanno fatto?»

«Andrea non si è più sposato e si è lasciato morire lentamente. Victor ha sposato Rosa dopo aver letto la tua lettera, consapevole che un giorno lontano ti avrebbe amata, per sempre.

Sara si strinse nel mantello di Victor.

«Lorenzo è partito per il nuovo mondo e nessuno ha avuto più notizie di lui. Maurizio si è ucciso quella stessa notte gettandosi dal ponte. Sara, delle volte ho la sensazione che lui sia ancora presente come me e che non riesca a trovare pace. Ora, ti prego, vai, corri. Fa che le mie ossa riposino in pace, così anche il mio spirito potrà riposare.»

Sara uscì dalla casa strappando i sigilli dal portone e dal cancello. Corse via vestita da nobildonna e ogni volta che cercava di fermare un'auto, il conducente spaventato accelerava. L'orologio della chiesa stava suonando i nove rintocchi; erano le nove di sera, aveva altre tre ore per tirare fuori il corpo di Alessia. Aveva bisogno d'aiuto e si diresse in piazza. Tutti la guardavano stupefatti e meravigliati, alcune persone mormoravano: «Sembra uscita da un dipinto del passato, è bellissima, ma chi è?».

In piazza non vide i suoi amici, ma intravide Bruno seduto sopra una panchina. Corse verso di lui e lo chiamò. Lui non restò meravigliato nel vederla vestita di quel modo, anzi gli sembrò di averla già amata. Sara, lo abbracciò forte e prima che lei potesse dirgli una sola parola la baciò con la stessa passione con cui l'aveva baciata Victor e le disse: «Sara, ti ho aspettata per secoli».In lui ritrovò Victor. Tornò in sé e si ricordò delle parole di Alessia.

«Ti prego Bruno devi aiutarmi, fidati di me, dobbiamo, fare in fretta.»

Bruno voleva dirle tante cose ma non aprì bocca e la condusse a casa di sua nonna sotto gli occhi increduli dei presenti. Corse nella stalla sotto gli occhi scettici di sua nonna. Sara l'abbracciò forte, le diede un bacio e la pregò di chiamare i suoi genitori e di dir loro che stava bene. Iniziarono a scavare e dopo circa mezz'ora non avevano ancora trovato il corpo; a quel punto iniziò a parlare ad alta voce. Sua nonna, ascoltava confusa e spaventata.

Era furiosa sentiva la presenza di Maurizio.

«Mi voltai e la sua figura rimase immobile, mi fermai ad un passo da lui e cercai di allungare la mano. Le mie dita oltrepassarono il suo corpo, un secondo dopo, mi sembrò di sentire un sussurro e il suo corpo si dissolse nell'aria, per divenire una nuvola nera sotto lo guardo incredulo di mia nonna.

Lui si scagliò su di me con un urlo di rabbia, ormai mi sentivo perduta, caddi a terra. »

Bruno corse e si scagliò nella penombra con un urlo di rabbia che mi riporto alla mente Victor.

Quel gesto mi permise di afferrare il manico della pala e urlai con tutta la mia forza: «Possibile che tu, abbia spostato il corpo? Non è possibile, altrimenti Alessia non mi avrebbe riportato a casa. Dove sei Alessia? Non ti permetterò di farle ancora del male.»

Scagliò con tutta la sua rabbia, la pala nel terreno e scoprì il cranio di Alessia: «Finalmente sei libera. »

In quell'istante le fiamme avvolsero Maurizio come serpenti infuocati, cadendo per sempre nell'oscurità della morte. Nel momento in cui finirono di tirare fuori il corpo sotto lo sguardo traumatizzato di sua nonna, arrivarono i suoi genitori insieme al tenente dei carabinieri.

«Sara, sua mamma la chiama.»

«Mamma, papà!»

«Come sei vestita? Dove sei stata? Perché? Lui è con te?»

«Ti prego papà, è una lunga storia; ti racconterò tutto, ma adesso devo salutare un'amica.»

Sara si voltò e la vide: «Alessia, finalmente sei libera. Amica mia, mi mancherai».

Tutti la guardavano come se fosse uscita fuori di testa, solo Bruno vide Alessia che le sorrideva.

Sara si sedette ormai priva di forze sui gradini e sotto lo sguardo ammutolito dei genitori, della nonna e dei carabinieri raccontò la sua storia evitando alcune situazioni particolari che restarono chiuse nel suo cuore per sempre. Passò tutta la notte in caserma raccontando la sua versione. Il corpo di Alessia fu esaminato e dai suoi denti risalirono al periodo di nascita. Le ricerche dei carabinieri coincisero con il racconto di Sara. Il maresciallo rimase incredulo soprattutto, quando saltò fuori un dipinto in cui era raffigurato il volto di una donna identico a Sara con una dedica: "A Sara Simeone con tutto il mio amore, ci rivedremo nel 1989. Victor Bruno".

La scrittura fu analizzata e datata 1789.

Quella notte Sara dormì abbracciata alla mamma sotto lo sguardo vigile di suo papà. Sognò Victor che diceva di amarla.

Era passata, una settimana da quella notte. Per molti giorni era stata tormentata dai giornalisti; durante quei giorni i suoi genitori l'avevano protetta come un bambino appena nato. Finalmente quella mattina avevano ripreso il loro lavoro e lei si ritrovò sola. Si concesse così il tempo di ripensare alla sue esistenza passata, dentro di lei c'era quell'incertezza di aver vissuto un sogno di un amore passato. Doveva avere una risposta. Chiamò Bruno e gli chiese di andare a casa sua. Bruno arrivò dopo dieci minuti; lei era nervosa, si torceva, stritolava il suo pigiama, nessuno dei due parlava finché:

«Sara, stanotte ti ho sognato; eravamo in una camera con un letto a baldacchino ed io ero più robusto con i capelli lunghi, abbiamo fatto l'amore, io ti tenevo stretta e tu mi chiamavi Victor. È la seconda volta che sento questo nome, anche quella notte nella casa ho udito qualcuno che mi chiamava Victor. Ho una strana sensazione come se Victor fossi io».

Sara sorrise, Victor era in Bruno: «Tu sei Victor».Lui non le chiese nulla, le sorrise e la prese in braccio. La condusse in camera e la spogliò lentamente.

Con le labbra le sfiorava i capezzoli, le baciò tutto il corpo e iniziò a penetrarla prima con dolcezza e poi con una passione che li travolse completamente. Rimasero stretti nel letto come un'unica anima.

«Sara, è stato bellissimo, è una pazzia ma ti prego, non dire di no. Vuoi sposarmi?»

Sara sorrise e lo baciò con passione.

«Questo significa sì?»

«Certo stupido, non potrai più scappare.»

La loro felicità fu interrotta dal telefono.

«Sara non rispondere.»

«È mio padre, devo rispondere. Papà, è successo qualcosa?»

«Sara stai bene? Ti sento nervosa.»

«No papà, sto bene e sono felice.»

«D'accordo, ti ho chiamato solo per essere tranquillo. Un bacio.»

Bruno scoppiò in una risata.

«Perché ridi?»

«Immaginavo la faccia di tuo padre, se ci avesse visto.»

«Sei pazzo, ti ucciderebbe.»

«Lo so, è gelosissimo di te.»

Sara guardò l'orologio e saltò giù dal letto:

«Ti prego, devi vestirti, fra dieci minuti mia madre sarà qui».

«Non voglio vestirmi, non mi interessa.»

«Dai, non scherzare.»

«D'accordo.»

Sara si era truccata per nascondere il rossore e aveva preparato il caffè per Bruno sperando che sua madre non capisse. Mentre sorseggiavano il caffè, sua madre era entrata senza farsi sentire.

Bruno, si avvicinò a Sara e la baciò sul collo, lei rideva e lo rimproverò di smetterla.

Sua madre, diede un colpo di tosse. Bruno si allontanò e lei fece cadere il biscotto.

«Ciao mamma, ti ricordi di Bruno?»

«Buongiorno, signora Simeone.»

«Ciao Bruno.»

«Signora, le posso parlare un attimo?»

«Ti ascolto.»

«So che forse non è il momento giusto, vede, io ho un lavoro, una casa e vorrei sposare sua figlia.»

Prima che la madre di Sara potesse avere una qualunque reazione, alle sue spalle si udì un rumore. Era suo marito che aveva lasciato cadere le chiavi dallo shock.

«Buo… buongiorno signore.»

«Cosa diavolo dici? Lei è la mia bambina.»

«Papà, guarda che ho vent'anni.»

«Zitta, Sara.»

«Gianni, stai calmo.»

«Marta, vuole portarmi via la mia bambina, è pazzo.»

«Papà, nessuno potrà mai portarmi via da te. Io lo amo e voglio sposarlo.»

Gianni capì che sua figlia non era più la sua bambina ma una donna e diede la sua benedizione, anche se a malincuore.

Dopo una settimana, fu celebrato il funerale di Alessia. I suoi resti furono seppelliti insieme al marito. Rimasta sola davanti alla tomba, Sara rivide Alessia e insieme con Bruno, ascoltò le sue parole.

«Victor, finalmente sarai felice per sempre con la tua Sara.» Bruno abbracciò Sara e le disse:

«Finalmente Alessia e Andrea vivranno felici per l'eternità». Uscirono dal cimitero e si promisero di stare insieme per sempre. Bruno la baciò. Sara era felice a fianco dell'uomo della sua vita. Il dolce ricordo di Victor sarebbe rimasto chiuso nel suo cuore come la casa stregata.

Nove mesi dopo nacque un bimbo. Figlio del futuro o del passato.

Questo libro è dedicato al mio paese nativo, Piedimonte Matese, che ha lasciato nel mio cuore tanti bellissimi ricordi di un passato lontano che non tornerà più. Le sue strade hanno vissuto mille avventure e solo chi è nato in questo luogo può amare e sentirne la nostalgia. Grazie per tutti i momenti indimenticabili che mi hai lasciato nel cuore.

Questo libro è il prodotto della mia fantasia. Molti personaggi ed eventi sono ispirati a figure storiche, altri sono del tutto fittizi. A parte il caso di personaggi realmente esistiti, ogni somiglianza tra quelli fittizi e reali, vive o defunte è puramente casuale.

Le Scale Di San Domenico

Veduta Di San Domenico

La Cava

Via Madonna delle Grazie

Palco Musicale di Piazza Roma

Panorama di Piedimonte

Piazza Carmine

Piazza Carmine

Centro Storico Palazzo Ducale

Palazzo ducale

Il palazzo ducale dei Gaetani dell'Aquila d'Aragona con la sua maestosità domina nella zona collinare di San Giovanni, dove sorge l'omonimo quartiere, sede del nucleo medievale, che si adatta perfettamente alla configurazione del terreno attraversato dal fiume Torano.

Il palazzo, sito alla base dell'antica via che portava agli altipiani del Matese aveva una posizione strategica poiché non solo ne controllava gli accessi, ma dominava tutta la valle dove sorgono ora Piedimonte e Alife. L'edificio a pianta quadrangolare presenta un'area interna adibita a cortile a cui si accede da due ingressi separati, l'uno posto ad oriente, l'altro a settentrione.

I prospetti del palazzo, sia quelli esterni che quelli interni presentano stratificazioni e rifacimenti di varie epoche; particolare interesse hanno quello ad oriente, su cui si apre l'ingresso principale, quello a settentrione, prospiciente al largo della chiesa vecchia di S. Maria e quello a mezzodì, che presenta un avancorpo che ne arricchisce la volumetria e ne evidenzia un andamento dinamico ed articolato.

A caratterizzare la fascia orientale, è un portale del XVI secolo, ad arco a tutto sesto, inscritto in una cornice rettangolare, ai cui angoli superiori sono posti due rosoni in altorilievo. Su di esso, sorretto dalla aggettante chiave di volta che funge da reggimensola inginocchiata, è lo stemma della famiglia, sormontato da una corona. Oltre il portale, al piano terra, troviamo quattro finestre ad andamento curvilineo e, al primo piano, tre porte-finestre rettangolari con piccolo aggetto, e ringhiera di ferro, sorretto da due reggimensole inginocchiate. Inoltre, la facciata è racchiusa tra due corpi angolari di altezza superiore ad essa e, mentre quello di destra, di pietre di tufo a faccia vista, con quattro finestre (due per piano), è sorretto da due scarpe recanti due aperture ad arco a tutto sesto, di cui una permette di raggiungere, tramite un percorso coperto da volte a padiglione, il secondo ingresso del palazzo, quello di sinistra, terminando la facciata, presenta l'inizio di un terrazzamento.

[20] Sulla facciata settentrionale si apre, invece, un portale con spiccate caratteristiche della scuola napoletana durazzesco catalana. Questo, inscritto in un rettangolo, reca scolpiti, negli angoli superiori a destra, un elemento zoomorfo e, a sinistra, un elemento antropomorfo. Anche qui, sul portale, campeggia lo scudo della famiglia sormontato da una corona.

Sul prospetto che affaccia a mezzodì, nonché sul giardinetto della stalla, convivono elementi stilistici diversi; infatti esso può essere diviso in due parti. A caratterizzare la prima parte, posta verso est, è una terrazza allungata, che con andamento angolare, si estende fino alla facciata principale dove l'iniziale balaustrata, di protezione in travertino, cede il posto alla ringhiera di ferro. Due porte-finestre, ad arco a tutto sesto, immettono su un terrazzo, sorretto da un porticato che, a piano terra ospita gli ingressi alla stalla. Di fianco al terrazzo troviamo una finestra il cui angolo rialzato viene spezzato dalla costruzione dell'avancorpo settecentesco, che caratterizza la seconda parte del prospetto. Anche qui si sviluppa un'ampia terrazza di forma rettangolare sorretta da un porticato. La ringhiera di ferro è interrotta da dodici piedistalli su cui, originariamente, erano poste altrettante dodici statue di cui oggi ne restano undici. Sul lato breve, invece, è posta una fontana rappresentante una donna che porta acqua. Sulla terrazza si aprono quattro porte-finestre rettangolari, sormontate da un timpano curvilineo, il cui andamento viene spezzato dalla sovrapposizione di un'aquila frontale che poggia le zampe su due sfere, mentre due mascheroni si interpongono tra il timpano e l'architrave. Al secondo piano si aprono invece nove finestre rettangolari, di cui sei recano una decorazione in rilievo, raffigurante due leoni laterali con un'aquila al centro.

Stemma di Piedimonte Matese (CE)

Piedimonte d'Alife - Edificio Scolastico

Lo stemma di casa Gaetani.

Piazza Roma

Torano

Strada per Alife

San Giovanni

« Stemma: Campo d'argento, ai tre cipressi di verde, fustati al naturale, nodriti su tre montagne di verde, fondate in punta e uscenti dai fianchi dello scudo, la montagna a sinistra con i declivi visibili, quella centrale con il declivio in banda parzialmente celato dalla montagna a sinistra, quella a destra con il declivio in banda parzialmente celato dalla montagna centrale.

Ornamenti esteriori: da Città cioè in testa una corona d'oro e in coda due fronde una di quercia e l'altra d'alloro legate da un nastro in tricolore.
Gonfalone: drappo di bianco. »

M.C.
Piedimonte d'Alife, " Piazza S.Domenico " Anni 1920.

Piazza Europa

Veduta del Torano

San Rocco

Chiesa A.G.P

Chiesa Di San Marcellino

Benedettine del SS. Sacr.to - Piedimonte d'Alife

Piedimonte Matese

Finito di stampare nel mese di Febbraio 2013
per conto di Youcanprint *Self - Publishing*

www.ingramcontent.com/pod-product-compliance
Lightning Source LLC
LaVergne TN
LVHW071524180726
843512LV00014B/1164